PETERMÄNNCHEN

Erika und Jürgen Borchardt

Petermännchen

Der Schweriner Schlossgeist

Herausgegeben in Zusammenarbeit mit dem
Kulturverein Sagenland Mecklenburg-Vorpommern e.V.

3. umgearbeitete Auflage

EDITION digital Schwerin

Impressum

ISBN 978-3-931646-30-1

Erika und Jürgen Borchardt
Petermännchen
Der Schweriner Schlossgeist
3. umgearbeitete Auflage

Edition digital Pekrul & Sohn GbR
Alte Dorfstraße 2b, 19065 Godern
Tel.: +49 3860 505788
Fax: +49 385 434146-99
E-mail: gpekrul@arcor.de
Internet: www.edition-digital.com

Herstellung: Drucksache Balewski

Inhalt

Von der Vielgestaltigkeit des Petermännchens

Der weise Schalk im Märchenschloss

Der Schweriner Schlossgeist Petermännchen ist die merkwürdigste Sagengestalt Deutschlands. So urteilte der mecklenburgische Volkskundler Richard Wossidlo (1859 – 1939). Das kann gut sein. Vom Petermännchen gibt es nicht allein mehr als 700 Überlieferungen – eine außergewöhnlich große Zahl für eine einzige Sagenfigur. Dieser Schlossgeist ist auch außergewöhnlich eigenschaftsreich und hat ganz seltsame Eigenheiten. Er ist zwar ein Hausgeist des Schlosses, eine Wohnung und eine Schatzkammer hat er aber auch im See, und in einem Berg soll er eine Schmiede betreiben. Er wandelt auf der Erde, unter der Erde und kann auch durch die Luft reiten. Er macht sich unsichtbar, neckt, lohnt und straft und sagt wie ein Orakel Ereignisse voraus. Und er ist verzaubert, kann jedoch erlöst werden, und das auf ganz unterschiedliche und wundersame Art und Weise. So geheimnisvoll wie das Erscheinen und die Erlösung, so geheimnisvoll sind die Herkunft, die äußere Gestalt und selbst der so einfach klingende Name des Schlossgeistes. All dem gehen wir in diesem Buch nach.

Sagen haben im Unterschied zum Märchen wirkliche, darunter oft geheimnisvolle Erscheinungen oder nicht mehr ergründbare reale Vorgänge zum Ursprung. Und sie werden immer wieder erzählt, wenn man zu diesem Ursprung gelangt. So bleiben sie lebendig.

Ein solcher Ausgangspunkt für Sagenerzählungen ist das märchenhaft anmutende Schloss auf der romantischen Burginsel im Schweriner See. Es ist der Ursprung des geheimnisvollen Petermännchens.

Das Schloss steht auf den Resten einer alten Obotritenburg. Die Obotriten waren einer der nordslawischen Stämme, die im 6. Jahrhundert in das Gebiet des heutigen Mecklenburg einwanderten. Sie schufen sich Hütten aus Flechtwerk und Lehm, lebten von Jagd, Fischfang und Ackerbau, betrieben Weberei und Töpferei und raubten und plünderten gelegentlich bei den benachbarten Franken, Sachsen und Dänen und auf der Ostsee. Die Obotriten errichteten wie die anderen Slawen Burgen mit großen Erdwällen und Holzpalisaden darauf. Hier suchten sie Schutz bei Überfällen, bewahrten ihre Vorräte und Reichtümer auf und huldigten ihren Göttern.

Die Hüter der Tempel und die Ältesten bewahrten die Erfahrungen, Bräuche und Geschichten des Stammes in ihrem Gedächtnis auf und erzählten sie von Generation zu Generation weiter. Sicherlich war das Zusammensein auf der Burg im Schweriner See auch Anlass, die Geschichten von den Ahnen des Stammes und ihren Geistern weiter zu geben. Die Burg gehörte zu den Herrscherburgen. Und unser Petermännchen soll mit den Obotritengöttern in einem Zusammenhang stehen. So jedenfalls dachte einer der bedeutenden mecklenburgischen Schriftsteller vor 200 Jahren, Johann Friedrich Löwen (1727 – 1771). Er hielt den Schlossgeist für einen Abkömmling des slawischen Gottes Rhadegast. Petermännchen wäre auch im Besitz eines Zauberbuches und würde Weissagungen zu künftigem Geschehen machen. Zu dieser Annahme gibt es einige Sagen, die sie bestätigen.

Im 12. Jahrhundert eroberten die Deutschen das Mecklenburger Land. Der letzte freie Obotritenherrscher Niklot brannte die Burg auf der Insel im Schweriner See ab. Wenig später fiel er im Kampf. 200 Jahre lang residierte dann das Geschlecht des deutschen Grafen Gunzelin von Hagen auf dieser Insel. Danach wurde sie Sitz der mecklenburgischen Herzöge und Großherzöge. Sie waren die Nachfahren von Niklots Sohn Pribislaw, dem ersten Obotritenfürsten im deutschen Reichsverband. Nicht unbedingt durch ihn, aber womöglich durch seine Leute wurden die Geschichten aus ihrer früheren Welt weiter getragen. Und verschmolzen mit denen aus der neuen Zeit.

Von der alten Slawenburg jedenfalls blieben Reste erhalten. Auf ihnen ruhen nun Kellergewölbe aus dem 15. Jahrhundert. Darauf wiederum stehen Häuser aus dem 16., 17., 18. und 19 Jahrhundert. Erst vor 150 Jahren fügte man all diese verschiedenen Bauten zu dem Schloss in seiner heutigen Gestalt zusammen.

Louis Fischer-Poisson, Titelvignette zu „Mecklenburgs Volkssagen" von Albert Niederhöffer, 1859

Auf der Insel und in den Gebäuden darauf ereignete sich zu deutscher Zeit im Laufe der Jahrhunderte manch Seltsames. Fremde Feldherren wurden wie von Geisterhand vertrieben, Diebe auf unerklärliche Weise gestraft, Zimmermädchen fanden sich mit Gold belohnt, schläfrige Wachsoldaten ihr Gewehr zerlegt, ein Prinz rätselhaft geheilt. All das und viel mehr wird in den Sagen dem Schlossgeist zugeschrieben.

Viele hundert Sagen, oft nur ganz kurze Berichte, existieren inzwischen über das Petermännchen. Sie wurden und werden von Generation zu Generation überliefert, auch verändert entsprechend dem Empfinden der jeweiligen Erzähler, ihrem Erleben und Glauben. Manche Geschichten sind auch neu gebildet oder (möglicherweise) mit anderen Sagenkreisen verknüpft. Was an die älteste Zeit der Obotriten erinnert, ist sehr verwischt, bruchstückhaft. Aber es ist da.

In den überlieferten Geschichten ist das Petermännchen ein Zwerg, der an das Schloss gebunden ist, also ein Hausgeist. Aber er hat eine Wohnung und eine Schatzkammer auch im Schweriner See und im Ziegelsee. Er wandelt durch die Stadt, über der Erde und unter der Erde, selbst auf dem Weg nach Ludwigslust soll er gesehen worden sein. Er soll im Petersberg beim nahe gelegenen Pinnow eine Schmiede betreiben und von dort durch die Luft zum Schweriner Schloss geritten sein. Er kann sich unsichtbar machen, neckt, lohnt und straft und sagt Ereignisse voraus. Unser Schweriner Petermännchen ist also ein Haus- und ein Wandelgeist, ein

Wasser- und ein Luftgeist, ein Erd- und ein Berggeist, einer, der Späße macht und einer, der über die Taten der Menschen richtet und der Ereignisse voraus sagt, ein Neckgeist und ein richtender Geist und ein Prophet dazu. Er besitzt Göttern ähnliche Eigenschaften.

Petermännchen war nicht immer ein Zwerg. Er ist verzaubert und kann erlöst werden. Seine ursprüngliche Gestalt gewinnt er wieder auf sehr verschiedenartige Weise, u. a. indem man ihm den Kopf abschlägt. Das ursprüngliche Leben gewinnen durch Sterben? Diesen Vorgang kennt man im christlichen Kulturkreis auf jeden Fall aus dem Neuen Testament: Jesus Christus kehrt durch den Tod am Kreuz zurück auf seinen Platz neben Gottvater.

Wir erkennen: In der Sagengestalt des Petermännchens steckt mehr als einer der üblichen in Deutschland verbreiteten Schlossgeister. Und nun verstehen wir schon eher, wieso Richard Wossidlo den Schweriner Schlossgeist für eine der merkwürdigsten Sagengestalten Deutschlands hielt. Eine solch eigenschaftsreiche Figur finden wir wohl nicht noch einmal in der deutschen Sagenwelt. Auf jeden Fall ist das Petermännchen heute so verbreitet, dass es geradezu symbolisch für die Stadt steht. Lukullisches und Touristisches, Produkte und Veranstaltungen, Firmen und Fahrzeuge tragen seinen Namen. Das eigentliche Wahrzeichen Schwerins, das Reiterbildnis Heinrichs des Löwen, neben Kaiser Barbarossa einst mächtigster deutscher Herrscher, Eroberer Mecklenburgs und Gründer der Stadt, hat unser Petermännchen weit in den Schatten gestellt.

Siegel der Stadt Schwerin von 1160

In den Sagen über das Petermännchen begegnen sich – dem sozialen und geschichtlichen Inhalt nach – mehrere Strömungen und Strebungen.

Zum Ersten des Volkes Erzählen über den Geist, der Gerechtigkeit herstellt, die Guten belohnt und die Bösen bestraft – eine uralte und untilgbare Sehnsucht, solange das Gegenteil existiert. Die Geschichten drücken auch eine Hoffnung aus, dass Ungerechtigkeit besiegbar sei, wie auch immer.

Zum Zweiten lebt in einigen Sagen die Vorstellung von einem Geist, der Beschützer von Schloss und mecklenburgischem Fürstenhaus sei. Ihm wird in diesem Zusammenhang die Gabe der Weissagung zugesprochen: Mit farbig unterschiedlicher Kleidung verkündete er dem Fürstengeschlecht gute und schlechte Ereignisse.

In anderen Sagen ist das Petermännchen aber auch ein verwunschener Königssohn, mit dessen Erlösung das Schloss mitsamt der herzoglichen Familie in Blut und Wasser untergehe. Das alte Schwerin steige dann aus dem See empor und Petermännchen werde Erbe des Königreiches Mecklenburg. Ein seltsamer Widerspruch, nicht wahr?

Zum Dritten kam durch eine Deutung die Idee auf, Petermännchen wäre ursprünglich eine Lichtgottheit des slawischen Stammes der Obotriten gewesen. Dieser Obotritengott wäre dann besiegt worden durch den Gott der Christen. Deshalb erschiene er nur noch in Zwergengestalt, habe aber wenigstens das Schwert bzw. den Dolch als Zeichen seiner göttlich-richtenden Gewalt und die Laterne als Lichtgeber behalten.

Schließlich besitzt die Gestalt Eigenschaften eines Schalks, also gute Voraussetzungen, auch Humor und Witz der die Sagen Erzählenden zum Tragen zu bringen.

Der unmittelbare historische Hintergrund

Ein Zwerg verteilt Ohrfeigen

Urkundliche Nachweise über einen möglichen realen Ausgangspunkt für den Glauben an diese Sagenfigur findet man im Mecklenburgischen Landeshauptarchiv. Im Jahre 1705 ist von einem kleinen Mann im Schweriner Schloss die Rede, dessen Benehmen recht ungewöhnlich zu sein schien. Niemand konnte es sich erklären. Für den Amtmann Knegendorf, der sich kurzzeitig im Schloss aufhielt, war der Vorfall so bedeutsam, dass er in einem Brief seinem Herrn, dem Strelitzer Herzog Adolf Friedrich, darüber berichtet: „Es soll sich alda, wie

Schloss Schwerin im 18. Jahrhundert, Kupferstich von Louis Fischer-Poisson, Staatliches Museum Schwerin

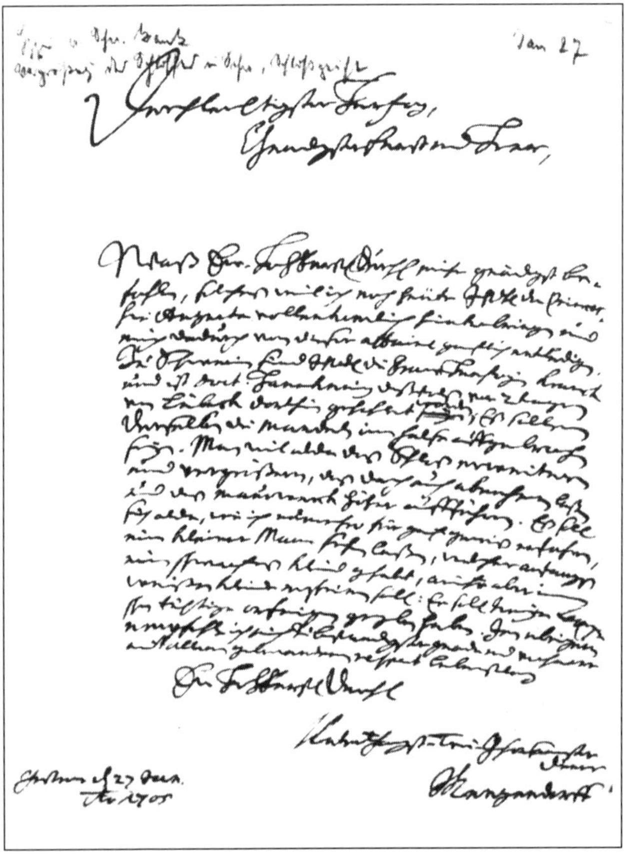

Schreiben des Amtmanns Knegendorf an den Strelitzer Herzog vom 27. Januar 1705, Landeshauptarchiv Schwerin

ich nunmehro für gantz gewiß erfahren, ein kleiner Mann sehen lassen, welcher anfangs ein schwartzes Kleid gehabt, anitzo aber im weißen Kleide erscheinen soll: Er soll zweyen Laquayen schon tüchtige Ohrfeigen gegeben haben."

Fast ein halbes Jahrhundert danach ist erneut von einem (oder demselben) kleinen Mann im Schloss die Rede. Die Witwe des Daniel Gardemin, eines Anfang des 18. Jahrhunderts (also zur Zeit Knegendorfs) im Schloss angestellten Kammerlakaien, wird verhört und am 12. November 1747 ein Protokoll darüber angefertigt. Hier erfährt man nicht nur, dass das „kleine Mängen" Schläge verteilte, sondern auch den Grund dafür. Es wehrte sich nämlich seiner Haut! In dem Bericht der Witwe heißt es über das „Mängen", dass es ganz und gar „nicht fürchterlich von Angesichte" gewesen sei, „wen er aber durch schelt- und Fluchworte sey angegriffen, were des Nachts ein solches Gepolter über ihrer Cammer gewest, dass keiner kein Auge hätte zu thun können". Daniel Gardemin war einmal so unbesonnen gewesen, das „Positürgen" zu beschimpfen und ihm sogar zu drohen, es mit einer Flasche zu schlagen. Daraufhin hätte selbiger „eine solche derbe Ohrfeige zum recompens bekommen, dass er über eine halbe Stunde ohne Empfindung gelegen, bis ihn andere gefunden, mit Eßig bestrichen und so weggebracht, da sein Kopf denn einige Tage darauf noch mahl so dicke wie ordinair gewest."

Das anmaßende Verhalten des Kammerlakaien mag dem Männlein Anlass gewesen sein, ihn auch auf andere Art zu bestrafen, wie Frau Gardemin weiter berichtete: „Einstmahls were er, der Gardemin, nebst einem Pagen, dessen Nahme entfallen, zu bette gangen, welcher deßfallß bey ihm geschlafen, weil Ihr Herr zeitig außwollen, hetten eine Keule vom Lämmerbrathen zum Frühstück auf dem Tische liegen gehabt, und beyde mit offenen Augen gesehen, wie das Mängen gekommen, nach dem Brathen gegriffen, und unter großem Gelächter damit fortgelauffen, hetten auch des andern Morgens, allem suchen ohngeachtet, nichts davon wieder gefunden."

Dem Gardemin gegenüber benahm sich das Männchen dreist, auch dem Herzog wusste es Respekt einzuflößen: „Dieses Mängen were gedachter Gardemin so gewohnt und dreiste geworden, dass er es öfters auf einer gewissen Windel-Treppe (so sich oben auf der seite befunden, wo der Gottsel. Durchl. Herzog logiert gewest), in welchen Öffnungen umb der Treppe her es so eben hette stehen können, mit dem Lichte nahe ins Gesichte geleuchtet, wobey es gantz stille gestanden, gar offte vor und neben ihm gegangen, auch einstmahls wie er seinen Durchl. Herrn des Abends späte über die Gallerie geleuchtet, Höchstderselbe gesaget: ‚Daniel, mich werden die Haare am Kopfe kriechend und mich schaudert so.' ‚Ja, Gnädigster Herr', were seine Antwort gewest, ‚sehen Sie nicht, was Wir vor Gesellschaft bey unß haben?' Worauf dieselbe ihm schweigen heißen und gesaget, Sie sehen nichts."

Aber auch andere fürchteten sich, wie wir in demselchen Bericht von 1747 weiter erfahren: „Hanß Christoph Dankward, Fürstl. Sahl-Knecht hieselbst, Verzehlete und versicherte mir Gestern gantz feste, offt erwehntes Mängen Zu denen Zeiten einmahl gesehen zu haben; sein bey sich habender Mops, were solchen eher alß Er gewahr geworden; Er hette vorm rothen Gemach am

Camin in vorbeschriebener Kleydung gestanden. Weil er sich nun gefürchtet und ihm überdem die Sprache schwer würde, hette er nicht fragen mögen, wer er were, oder was er wollte? Sondern were wieder hingegangen, wo er herkommen."

Es ist nicht unwahrscheinlich, dass diese Berichte Knegendorfs und der Frau Gardemin – beide beziehen sich wahrscheinlich auf dieselben Ereignisse am Anfang des 18. Jahrhunderts – mit einem tatsächlich im Schloss lebenden Hofzwerg zusammenhängen. Es war damals üblich, sich Hofzwerge zur Belustigung zu halten. Sie hatten aber keinerlei Rechte. Es ist durchaus möglich, dass ein Energischer und Pfiffiger unter ihnen sehr wohl zu Mitteln wie den oben berichteten griff. Dieser wusste sich offenbar unter Ausnutzung des Aberglaubens Respekt zu verschaffen. Und die Ereignisse um ihn waren für Herrscher wie Untertanen so beeindruckend, so sagenhaft, dass sie Anlass und Ausgangspunkt für mystische Geschichten bildeten. Oder aber sie belebten schon vorhandene Geschichten neu und bereicherten sie, überlappten sich mit einem vorhandenen Sagenkreis. Doch dazu später.

Die Existenz eines Hofzwerges am mecklenburgischen Hof kann auf jeden Fall als gegeben vorausgesetzt werden. Das beweisen u. a.:

1. das Bildnis des Hofzwerges Hartwig Kremer mit dem Porträt der Herzogin Louise Friderike von Mecklenburg-Schwerin, 1776 von dem damaligen Hofmaler Georg David Matthieu gemalt – also in der gleichen Zeit, in der die Geschichten um das kleine „Mängen“ im Schloss kursierten;

2. die Rechnungen u. a. von David Hollin für Monsieur Cäsar und Monsieur Kremer für verfertigte Schuhe, Stiefel u. a. vom 8. Juli 1782 („Monsieur Cäsar gelbe Saffian Pampuschen für 1 Reichsthaler“);

3. die Akte der Hofzwergin Lisette Schacht, die fast 40 Jahre im Ludwigsluster Schloss im Hofdienst stand (einzusehen im Mecklenburgischen Landeshauptarchiv).

In gewisser Weise kann auch der Bericht der Witwe des Kammerdieners Gardemin so gewertet werden, da Gardemin sich nicht über das Vorhandensein des kleinen Mängen wunderte, sondern sich lediglich über dessen Gebaren ärgerte, vor ihm herzugehen, ohne ihm unverzüglich Platz zu machen.

In der Beschreibung des Äußeren und der Taten dieses „kleinen Mängens“ bemerken wir auch keineswegs etwas Geisterhaftes. Es war zwar „nur ganz klein gewest,

Der Hofzwerg Hartwig Kremer mit dem Portrait der Herzogin Louise Friderike von Mecklenburg-Schwerin, von Georg David Matthieu, 1776, Staatliches Museum Schwerin

älterlich, mit Runtzeln, aber nicht fürchterlich von Angesichte". Der Begriff klein ist allerdings relativ. Das Männchen muss wenigstens von der Größe eines zehn- bis zwölfjährigen Kindes gewesen sein (so etwa wird es gleichfalls in den Berichten und Sagen beschrieben). Andernfalls hätte es dem ausgewachsenen Gardemin keine Ohrfeige versetzen können, als es vor ihm auf den Treppenstufen des Kellers stand. Es muss auch über die Kräfte eines erwachsenen Mannes verfügt haben, sonst wäre Gardemin von dem Schlag nicht ohnmächtig geworden. Das Erstaunen und der Schreck über dieses – gemessen am Gardeminschen Selbstwertgefühl – ungeheuerliche Betragen des Zwerges mögen die Ohnmacht des Lakaien natürlich begünstigt haben.

Wie die Witwe zu Protokoll gab, hätte man das Männchen niemals reden oder antworten gehört. Wahrscheinlich schwieg es, um nicht an der Stimme erkannt zu werden. Auch scheint es sich verkleidet zu haben, denn es trug „einen langen bis auf die Füße hangenden schwartzen Rock“ und hatte „forne breite Schuhe“ an. Im Gegensatz dazu mussten Hofzwerge zumeist Heiterkeit erregende Kleidung anlegen oder waren, wie Paula von Bülow in ihren Lebenserinnerungen schreibt, wie Opernfiguren kostümiert: „Zu den Erscheinungen, die meiner Erinnerung mehr oder minder klar vorschweben, gehört die Fürstin Pückler-Muskau. Sie war immer von ihrem Zwerg begleitet. Dieser Zwerg war etwa fünfviertel Meter hoch, sehr proportioniert, mit hübschen feinen Zügen und guten Manieren. Die Fürstin hatte für ihn eine ganze Anzahl von Kostümen anfertigen lassen. Ich sah ihn als Don Carlos, in weißem Atlas, den kleinen Degen an der Seite.“

Dass nun das „kleine Mängen“ im Schweriner Schloss nicht gut auf den Kammerlakaien zu sprechen war, das beweisen die ausgeteilte Maulschelle, die gestohlene

Das „kleine Mängen", Handzeichnung von Georg Schütz, nach dem Bericht der Witwe Gardemin aus dem Jahre 1747

Lammkeule und das häufige Poltern, das den Gardemin so manche Nacht nicht zur Ruhe kommen ließ. Worauf mochte wohl diese mangelnde Sympathie zwischen beiden zurückzuführen sein?

Zum einen erklärt sie sich aus der unterschiedlichen Stellung beider am Hofe und aus dem dadurch bedingten unterschiedlichen Rechtsempfinden. Entsprechend der 1704 von Herzog Friedrich Wilhelm erlassenen Rangordnung nahm ein Kammerlakai in den 24 Klassen den 13. Platz ein, gleich gestellt den Ratsherren der Stadt

Rostock, Professoren der Philosophie, Amtsvorstehern und Leutnants. Das mag sich daraus erklären, dass er zu den Personen gehörte, mit denen der Fürst ständig in Verbindung kam. Weit am Ende rangierten Förster, Silberdiener und Reitknechte. Der Hofzwerg wurde in dieser Klassifizierung nicht einmal erwähnt. Somit standen ihm keinerlei Rechte zu.

Der soziale Unterschied wird auch in der Belohnung eines Kammerlakaien und des Zwerges bei Hofe deutlich. Johann Daniel Gardemin erhält z.B. Weihnachten 1731 als Jahreslohn 100 Reichsthaler und 50 Reichsthaler Kostgeld ausgezahlt. Aus den Archivunterlagen werden für ihn weitere Vergünstigungen ersichtlich: „Aus unser Renthey in zweyen terminen, er auch mit freyen Zimmern, Betten, Licht und Feuerung bei Hofe versehen worden."

Die Zwerge dagegen erhalten keinen Lohn, sondern lediglich Taschengeld. So heißt es in den Archivunterlagen: „Cäsar und Kremer Taschengeld auf den Monat Julius 32 Schilling." Das ist nicht einmal ein Reichstaler – der hatte 48 Schillinge. Die laufenden Kosten für die Zwerge wurden aus der herzoglichen Kasse bestritten: „für Cäsar seine Mütze 24 Schilling", „an Kremer auf der Reise 16 Schilling", wie man im Mecklenburgischen Landeshauptarchiv weiter lesen kann.

Diese ungleichwertige Behandlung verletzt von unserm heutigen Verständnis her grundsätzlich das natürliche Gerechtigkeitsempfinden jedes normal entwickelten

Menschen und kann durchaus Quelle von Empörung werden. Das jedoch war nicht das allgemeine Empfinden der damaligen Zeit. Die soziale Ungleichheit der Menschen schien bis dahin eine von Gott gegebene und ewig währende zu sein. Schon immer gab es Herren und Knechte, die Ständeordnung schien fest gefügt. Wer sollte da auf den Gedanken der Empörung wider sie kommen! In diese Auffassung nun schlägt das frühbürgerliche philosophische und politische Zeitalter der beginnenden Aufklärung eine Bresche. Ihre sozialphilosophische und politische Grundidee ist die Idee von der gleich freien Geburt aller Menschen und ihrer Ausstattung mit gleichen Rechten auf Glück. In der amerikanischen Verfassung und der Menschenrechtserklärung der Französischen Revolution mündete diese Position dann in der zweiten Hälfte des 18. Jahrhunderts in einer weit reichenden politischen Form.

Von der frühen gewaltigen geistigen Umwälzung mag auch unser verkleideter Hofzwerg beseelt gewesen sein. Hofzwerge wurden zwar zur Belustigung gehalten, waren aber oft gebildete Menschen. Im Narrenkostüm sprachen sie Wahrheiten aus, auf die andere nicht kamen oder die sie sich auszusprechen nicht trauten. Und der Schweriner Zwerg mag nicht nur gedacht, sondern auch gehandelt haben. Jedenfalls nahm er ihm zugefügtes Leid in dieser anbrechenden neuen Zeit nicht mehr als natürlich und von Gott gewollt hin. Er empfand es als Unrecht. Und er wehrte sich. Er wählte allerdings eine Verkleidung, um sich ungestraft gegen eine ihm widerfahrene Ungerechtigkeit wehren zu können.

Gardemin schien anmaßend und streitsüchtig gewesen zu sein. Seine Frau wollte das als Witwe wohl nicht mehr wahrhaben, oder ihr Mann hatte ihr die Begegnung mit dem Zwerg nur unvollständig erzählt. Über die Ursache des Konfliktes erfahren wir aus dem Protokoll, Gardemin wäre an dem fraglichen Abend wegen irgend welcher Dinge gerade nicht bei Laune gewesen, daher seine etwas ungehaltene Reaktion, die Beschimpfung und die Drohung. In Wirklichkeit muss es etwas anders gewesen sein. In mehreren Gerichtsverfahren ist Gardemins Name erwähnt. So ist in einem Verhör vom 29 März 1718 vermerkt: „Johann Daniel Gardemin alt 50 Jahr“ – da stand der Mann u. a. wegen Verleumdung vor Gericht. Zwischen dem Hofzwerg und dem Kammerlakaien muss schon eine Spannung existiert haben.

Das Zusammenwirken dieser Umstände, die fest gefügte soziale Ordnung und ihre neuerdings Infragestellung sowie die persönlichen Spannungen, all das bringt den Konflikt zum Ausbruch: Die unterschiedliche soziale Stellung wird unterschiedlich bewertet. Bei Gardemin existiert das noch verbreitete alte Gefühl des Höhergestelltseins (er empört sich eben darüber, dass der Zwerg ihm nicht den Weg freimacht), beim Hofzwerg gibt es auf der anderen Seite das Empfinden von Unrecht einer solchen Beschimpfung und die Gegenwehr.

Aberglaube und Furcht

Es erhebt sich nun die Frage, weshalb mit dem dreisten Hofzwerg nicht „kurzer Prozess“ gemacht wurde. Fürchteten sich die Herren, die offensichtlich mächtiger, größer und stärker als das „kleine Mängen“ waren, vor demselben? Weshalb befahl der regierende Herzog Friedrich Wilhelm dem Daniel Gardemin sogar, „mit raison“, „nicht so brutal mit dem ehrbaren Mängen umzugehen“? Und weshalb hielt sich der Kammerlakaien auch daran und ging dem Männlein nach seinem Erlebnis „so viel als nur immer möglich“ aus dem Wege?

Nun, der Aberglaube trieb noch immer seine Blüten, noch immer wurden gar „Hexen“ verbrannt. Es war bei den Herren in ihrem Verhältnis zum Zwerg die Ungewissheit und die damit verbundene Furcht, vielleicht doch einem geisterhaften Wesen gegenüberzustehen. Es hätte ja sein können, dass dieses „kleine Mängen“ keiner der damals üblichen Hofzwerge, sondern ein Geist war! Einen Geist durfte man dem Aberglauben nach aber nicht ansprechen, geschweige denn anfassen, wenn man sich nicht großen Gefahren aussetzen wollte. Und reden durfte man über ein Erlebnis mit geisterhaften Erscheinungen nur unter bestimmten Bedingungen.

In der ersten Hälfte des 18. Jahrhunderts geschahen in Mecklenburg so viele unerhörte Ereignisse, dass eine Kommission zu ihrer Erfassung eingesetzt wurde. In Städten und Dörfern berichtete man von angeblich geheimnisvollem Poltern , Türenzuschlagen, Fässerumwerfen, Kannenklappern, Verschwinden von Wäsche, Nahrungsmitteln und vielen anderen Gegenständen. Ein ganz ausführlicher Bericht wurde im Jahre 1722 gar gedruckt (s. Lieraturverzeichnis, Hänell). In diesem Zusammenhang entstand übrigens auch das Protokoll über den Bericht der Witwe Gardemin.

Eine Erklärung für all die den Aberglauben schürenden Ereignisse mögen die chaotischen Zustände der Zeit sein. Herzog Karl Leopold (1713 - 1747) kämpfte gegen die Ritterschaft, heute würden wir sagen: gegen die adligen Großgrundbesitzer, um die absolute Herrschaft im Lande. Sein Ringen um gewaltsame Veränderung der Verhältnisse, unterstützt von Zar Peter dem Großen, währte drei Jahrzehnte. Herzogliche Truppen durchzogen das Land, russische Soldaten wurden auf die Güter der Ritter gelegt. Die Ritterschaft organisierte ihren Widerstand, erhielt Hilfe durch Soldaten des Kaisers. Der Herzog erlitt Niederlagen, seine Soldaten wurden zerstreut, der Kaiser setzte ihn ab und berief den Bruder auf den Thron. Karl Leopold aber akzeptierte die Entscheidung nicht, so gab es Krieg nicht nur zwischen dem Herzog und den Rittern, sondern auch noch der Herzöge gegeneinander, Krieg mit Soldaten und Krieg mit Verordnungen. Was der eine Herzog verfügte, hob der andere wieder auf und umgekehrt. Karl Leopold organisierte eine Art Bauernkrieg, belagerte, bombardierte und eroberte Schwerin. Schließlich und endlich musste er fliehen.

Diese drei Jahrzehnte waren für die Menschen in den Städten und Dörfern nach dem Dreißigjährigen Krieg

(1618 – 1648) erneut Jahre unendlicher Wirren, Unsicherheit, Unruhe und Verarmung. Viel fremdes Volk bewegte sich durchs Land, Soldaten desertierten, versteckten sich, suchten Nahrung, brauchten andere Kleidung. Menschen wurden vertrieben oder mussten fliehen, sich verbergen und ernähren, gewöhnliche Diebe nutzten die Gelegenheiten und blieben oft unerkannt. Die überall auf dem Lande und in den Städten herum streichenden Obdach- und Heimatlosen, Bettler, Vagabunden, Zigeuner, bettelnde Handwerksburschen wurden zu einer regelrechten Landplage, unter ihnen auch Leute, die sich als Tierärzte und Rattenfänger ausgaben, Schatzsucher, Pferdediebe, bereits mehrfach bestrafte Verbrecher. In den Akten der Zeit lesen wir von mehr und mehr gewerbsmäßig agierenden Banden, dass sich „allerhand Raubs- und Diebsgesindel verbreitet und zusammen gerottet“ hatte (herzogliche Verordnung vom 22. 10. 1762). Die öffentliche Sicherheit war gefährdet, Schwerin geradezu belagert von ihnen. Ein ganzes Heer von Verordnungen wurde gegen sie erlassen, Militär und Einwohneraufgebote eingesetzt an Grenzen, Brücken und Fähren und anderen Pässen. Eine der Regierungsanordnungen von 1718 forderte, Leute diesen Schlages ohne Gnade aufzuhängen. Aber man wurde der Plage nicht Herr. Es geschah vieles, was nicht gesehen werden durfte und auch nicht gesehen wurde. War es da ein Wunder, dass Kannen klapperten, Gegenstände, Kleidungsstücke und Nahrungsmittel verschwanden, Türen zuschlugen, ohne dass man einen Urheber ausmachen konnte? Der seit Jahrhunderten herrschende Aberglaube erhielt massenhaft neue Nahrung.

Noch bis ins 19. Jahrhundert glaubten Menschen an Wunderquellen und Wunderbäume, die Lahme und Blinde heilten und wallfahrten zu ihnen. Man glaubte auch an alle möglichen Geister, selbst an Hexen. Die letzte bekannte Hexenverbrennung in Mecklenburg geschah 1697. 1736 gab es zwar noch einen Hexenprozess, aber keine Verurteilung mehr, sondern nur noch eine Ermahnung. Der Hexenglaube aber lebte fort. 1853 bat eine Frau ihren Mann, die Hexe auf ihrem Rücken tot zu schlagen. Der schlägt auch, mit solcher Gewalt, dass seine Frau dabei zu Tode kommt.

Richard Wossidlo, dem wir außerordentlich viel Material auch übers Petermännchen verdanken, schrieb über den noch seinerzeit, im 20. Jahrhundert, lebenden Aber- und Gespensterglauben: „Die Vorsicht gebietet, dem Gespenst aus dem Wege zu gehen: De Nachtwächter in Linstow, dee nicht wiken will, as dat Männken mit 'ne rod' Jack sik zeigt, hett'n Kopp krägen as'n Piert. – As een dor, wo de Ruhner Barg' anfangen, dat Spöök, wat dor sik zeigt, nicht ut 'n Wäg' geiht, hett em dat up de Muer daal stuukt – he is bald naher doot bläben (Der Nachtwächter in Linstow, der nicht weichen will, als das Männchen mit der roten Jacke sich zeigt, bekam einen Kopf wie ein Pferd. – Als einer da, wo die Ruhner Berge anfangen, dem Gespenst, was sich dort zeigt, nicht aus dem Weg geht, hat ihn das auf der Mauer niedergedrückt – er ist bald nachher gestorben.)

Man soll schweigen, wenn man Übernatürliches sieht: Als ein Mädchen in Poppentin zum Vater sagt: „Vadder, dor kümmt de Schimmel anlopen“ (Vater, da kommt der Schimmel angelaufen), erwidert der erschreckte Vater: „Diern, dat darfst du jo nicht seggen!“ (Mädchen, das darfst du ja nicht sagen!) – das Mädchen erkrankte. – Als der Knecht, der die Hebamme fährt, bei dem „Frugensmoor“ in Rühn zu der Hebamme sagt: „Hier spöökt't“, erhält er eine Ohrfeige.

Ein Gespenst soll man auch nicht anreden: „Wer den kopflosen Kutscher, der in Grabow mit dem Gespenster-Wagen durch die Straßen rast, wegen seines schnellen Fahrens schilt, erhält einen Schlag mit der Peitsche und muss bald sterben.“

Und so war es eben auch dem Gardemin geschehen. Als er zu dem Zwerg sagt: „Du Kröte, geh mir aus dem Wege!“, da erhält er eine Ohrfeige. Also muss er einen Geist annehmen und muss also auch schweigen über die Begegnung.

Denn gefährlich ist es eben – wieder nach Wossidlo –, von eigenen Spukerlebnissen zu erzählen: „Als der Alte, der in dem Gang, der von Kratzeburg nach Untershagen führt, das dort hängende goldene Sattelgeschirr gesehen hat, seiner Frau davon erzählt, stirbt er. – Die drei Leute, die erzählt haben, was sie in dem Gang, der vom Schloss Ullrichshusen ausgeht, erlebten, sterben alle drei. – Als jemand erzählt, was er im Küselwind gesehen hat, stirbt er am dritten Tage. – Als der Soldat, der Petermännchen erlösen soll, seiner Braut davon erzählt, fällt er, durch einen Schuss getroffen.“

Wie wir aus dem Protokoll von 1747 sehen, gab selbst der regierende mecklenburgische Herzog Friedrich Wilhelm nicht zu, das „kleine Mängen“ neben sich gesehen zu haben, als er von seinem Lakaien darauf angesprochen wurde. Er befahl diesem vielmehr zu schweigen.

Abergläubische Furcht also ließ Herren und Untertanen zittern und schweigen. Dass der Zwerg bei seiner Gegenwehr damit rechnete, lässt ihn als recht gewitzte Persönlichkeit erscheinen.

Die Ehefrau des Kammerlakaien war auffallend vorsichtig. Sie ging kein Risiko ein. Erst nach dem Tode ihres Mannes gab sie dessen Erlebnisse mit dem „kleinen Mängen“ zu Protokoll. Auch das genügte den „Regeln“ des Aberglaubens.

Denn vollkommen verboten ist es nicht, Gehörtes über oder Erlebtes mit Gespenstern weiterzuverbreiten, wurde Wossidlo mitgeteilt „Wenn man wat sehn oder beläwt hett, darf man dorvon nich vertellen, ihrer man Füer un Water sehn hett. – Den drüdden Dag kann man't ümmer vertellen. – Nee, man mööt bett 'n nägten Dag töben.“ (Wenn man etwas gesehen oder erlebt hat, darf man davon nicht eher erzählen, als man Feuer und Wasser gesehen hat. – Den dritten Tag kann man es immer erzählen. – Nein, man muss bis zum neunten Tag warten.) So die verschiedenen Auffassungen.

Vielleicht hatte Gardemin im Gegensatz zu anderen Schlossbewohnern deshalb überhaupt den Mut, über seine Erlebnisse mit dem „kleinen Mängen“ zu berichten, während andere, denen Ähnliches passiert sein mochte, sicherheitshalber schwiegen. Er war wahrscheinlich „regelrecht“ abergläubisch, fürchtete Strafen, nutzte aber auch Freiräume. „Manche“, berichtete Wossidlo, „bewahrten dauerndes Schweigen: „Sehn hett he wat – oewer he will dor nich von naseggen“. – „Sehn hett Petermännchen keener, un dee em sehn hett, seggt nicks.“ – „Ik heff dat noch nie an enen annern vertellt, oewer wi kamen dor jo grad’ up to spräken.“ – „Minen Großvadder is wat passiert in de Piperwuurt (in Warnemünde) – wat, dat hett he mit in’t Graff nahmen.“ (Gesehen hat er etwas, aber er will davon nicht berichten. – Gesehen hat Petermännchen niemand, und der ihn sah, sagt nichts. – Ich habe das noch niemand anderem erzählt, aber wir kamen da ja gerade darauf zu sprechen. – Meinem Großvater ist was passiert in der Piperwuurt – was, das hat er mit ins Grab genommen.)

Zum Glück für uns hatten der Amtmann Knegendorf und die Witwe Gardemin eine gehörige Portion Courage und Realitätssinn. Es ist möglich, dass ihre Berichte die Petermännchen-Geschichten auslösten. Denn bald danach ist der Name Petermännchen als Bezeichnung des Schlossgeistes in der Literatur nachweisbar.

Aus einem kleinen Mängen „wird“ ein Schlossgeist

Wahrheit und Dichtung - ein Schicksal von Realitäten

Die Spur eines Schlossgeistes mit dem Namen Petermännchen lässt sich derzeit im Schriftgut bis zum Jahre 1756 zurück verfolgen.

In den Aussagen des Amtmanns Knegendorf und der Witwe Gardemin war nur von einem anonymen „kleinen Mängen“ die Rede. Schriftlich erscheint bis dahin der Name PETERMÄNNCHEN nicht. Aber im Zeitraum um die Abfassung des Berichtes der Frau Gardemin sind Sagen über das Petermännchen im Umlauf. Beweis dafür ist die bis dahin erste und eindeutige schriftliche Erwähnung dieses Namens in einer Dichtung von Johann Friedrich Löwen (1727-1771). Er war Direktor des Hamburger Nationaltheaters mit Lessing als Dramaturg, Verfasser der ersten Deutschen Theatergeschichte, zuvor u. a. Sekretär am mecklenburg-schwerinschen Hof und mit großer Wahrscheinlichkeit über den dort verbreiteten Gesprächsstoff informiert.

In Löwens Dichtung „Die Walpurgisnacht. Ein Gedicht in drey Gesängen“ (Hamburg und Leipzig 1756) heißt es:

„Der Aberglaube hat ein ungeheures Reich.
Ist schon nicht seine Macht an jedem Orte gleich;
Die Völker dienen ihm, selbst wenn sie vor ihm beben,
Die bei dem Gottesdienst, die im gemeinen Leben,
Ein jedes Alter schickt sich gut zu seinem Dienst
Aus Einfalt dient ihm dies, und jenes aus Gewinnst,
Ihm opfert nicht allein der Bergmann in den Gruben,
Es dienen ihm nicht nur Spinn- und Visitestuben,
Wo man vom Alp erzähl, vom Petermännchen spricht,
Die Klagemutter kennt und für den Kobold ficht,
Vom Wilden Jäger schwatzt, der ohne Kopf es wagt,
Und nächtlich durch den Walt mit feur'gen Hunden jagt..."

Dass mit „Petermännchen" tatsächlich der Schweriner Schlossgeist gemeint ist, wird aus der knapp ein Jahrzehnt später veröffentlichten Erzählung „Marquise" (1765) des gleichen Autors sichtbar. Sie ist in unserm Zusammenhang ein außerordentlich bedeutendes Dokument. Wir werden uns im Weiteren noch eingehend damit beschäftigen müssen. Daneben ist diese Erzählung die erste bisher bekannt gewordene literarische Bearbeitung der Petermännchenfigur.

Ein Bezug zum Bericht der Witwe Gardemin ist kaum erkennbar. Das ist zunächst auch nicht wichtig. Wichtig ist: In zeitlicher Nähe zu ihm ist die Rede vom Schlossgeist Petermännchen. Und: Das kleine Mängen wurde von Gardemin wie auch von seinem Herzog, als sei es tatsächlich ein Geist, ängstlich behandelt.

Die

Walpurgis Nacht.

Ein Gedicht

in drey Gesängen,

von

Johann Friedrich Löwen.

Hamburg und Leipzig,

bey Georg Christian Grund und Adam Heinrich Holle 1756.

Löwen schildert das Petermännchen in seiner Geschichte nun als den Geist des letzten freien obotritischen Herrschers Niklot. Dieser war der Vorfahre der mecklenburgischen Herzöge. Niklot selber sei ein Abkömmling des Obotritengottes Rhadegast. Der Geist Nikots sei nach nach dem Tode des Herrschers in die unterirdischen alten Gemäuer auf der Burginsel gebannt und treibe hier sein Unwesen.„Nach dem Tode ... fand dieser Wende in der Höhlung der dicken Mauern ein auf Baumrinde mit Charakteren bezeichnetes Zauberbuch, aus welchem er viele Begebenheiten, die auf der Insel geschehen, vorher wissen, und Zaubereien, doch nicht zum Wohltun, sondern zum Schaden, wirken kann. Dieser Geist, ein kleines Männchen mit erdefalbenem Gesichte, einem Plättchen auf dem Haupte, ist das von dem Hofvolk so sehr berüchtigte PETERMÄNNCHEN."

Diese beiden Dichtungen sind der Beweis dafür, dass spätestens 1756 Sagen über einen Schlossgeist mit dem Namen Petermännchen kursierten. Löwen produzierte diese Art von Literatur hauptsächlich wegen des Broterwerbs. Er musste einen möglichst großen Leserkreis für das Thema voraussetzen, also weit verbreitete Kenntnis über den Schlossgeist zumindest in Schwerin und Umgebung. Das wird so gewesen sein; Löwen schreibt 1756 vom Petermännchen in einem Atemzug mit der Klagemutter, dem Kobold, dem Wilden Jäger und dem Alp, von in Deutschland verbreiteten Sagengestalten. Also scheint der Schweriner Schlossgeist nicht unbedeutend gewesen zu sein. Wir können davon ausgehen: In der Mitte des 18. Jahrhunderts war das Petermännchen bereits von einiger Bedeutung im geistigen Leben. Das kann bereits in der ganzen ersten Hälfte des Jahrhunderts der Fall gewesen sein. Erinnern wir uns des Schreibens des Amtmanns Knegendorf von 1705. „Es soll sich allda, wie ich nunmehro für gantz gewiß erfahren, ein kleiner Mann sehen lassen, welcher anfangs ein schwarzes Kleid gehabt, anitzo aber in weißem Kleid erscheinen soll. Er soll zweyen Laquayen schon tüchtige Ohrfeigen gegeben haben." Das ist wahrscheinlich unser Petermännchen, wie es in anderen Sagen auch erscheint: Es straft in diesem Falle. Und es besitzt – der Beschreibung nach – auch die prophetische Gabe, dieses oder jenes schlimme oder gute Ereignis anzukündigen, indem es sich in unterschiedlicher Kleidung zeigt.

Es scheint also, dass aus dem „kleinen Mängen" der Schlossgeist Petermännchen wurde. Ein Vergleich der Dokumente mit der Sagengestalt zeigt:

1. In den Sagen, im Bericht von Knegendorf, der Frau Gardemin wie auch bei Löwen wird der Schlossgeist als ein kleines Männchen beschrieben.
2. In allen Fällen ist der Ort des „sagenhaften" Geschehens das Schweriner Schloss.
3. Bald nach der Anfertigung des Berichtes der Witwe gibt es zwei schriftliche Belege über einen Schlossgeist mit dem Namen Petermännchen. Diese setzen die Bekanntheit der Sagenfigur voraus.
4. Das Männchen erscheint in unterschiedlicher Kleidung, wobei zumindest die Farben Schwarz und Weiß genannt sind.
5. Eine Art seines Verhaltens ist das Ohrfeigen.

Die Berichte von Knegendorf und der Witwe Gardemin sind ein in der Sagenforschung seltener Glücksfall. Er erfüllt die Mindestanforderung an die Grundgeschichte zu einer Sagenfigur, ist einfach und zugleich sehr fruchtbar: Es gab offenbar tatsächlich Erlebnisse mit einem klein gewachsenen Mann im Schweriner Schloss am Beginn des 18. Jh. Das heißt: Es existiert eine für die

Sagengestalt notwendige Tatsache, nicht bloß ein Ort oder ein Name, sondern sogar ein Vorgang. Die Ereignisse um das Mängen sind erklärbar, wenn die Existenz eines beleidigten und verärgerten Hofzwerges vorausgesetzt wird, der sich verkleidet und sich auf eine ihm mögliche Art wehrt.

Der Bericht über die Tatsache wird dann, wie aus dem Bericht der Witwe Gardemin ersichtlich, von abergläubischen Vorstellungen durchwoben und ausgeschmückt. Für die Petermännchen-Forschung scheint hiermit ein schlüssiger Ausgangspunkt zur Erklärung des Entstehens der Sagengestalt vorzuliegen.

Und: Der Schweriner Schlossgeist „entsteht" spätestens in der ersten Hälfte des 18. Jahrhunderts. Das Wirken dieser Sagenfigur ist – bei allem Aberglauben, der solch einer Gestalt anhaftet - mit dem Geist der Aufklärung verbunden. Dieser Ansatz erklärt eine der wichtigsten Eigenschaften des Petermännchens, wie es uns in den Geschichten überkommen ist, nämlich sein Wirken für Menschenwürde und Gerechtigkeit. Gerade in diesem Sinne hatte das zwergenhaft gewachsene Männchen gehandelt. Dieser vor allem von Ralf Wendt ausgearbeiteter Ansatz in der Forschung erklärt somit einen ganz entscheidenden Wesenszug des Schlossgeistes.

Nach der Erklärung von Wendt bedeutet das: Der bei Hofe rechtlose Zwerg schickt sich nicht mehr drein in sein Schicksal des Gedemütigtwerdens. Er wehrt sich. Liegt es da nicht nahe, dass Volkssagen, in denen die

Menschen ihre Sehnsucht nach Gerechtigkeit ausdrücken, mit dem Auftreten gerade dieses Zwerges verbunden wurden? Und was ist für den Gerechtigkeitssinn des Volkes bezeichnender als das einfache Denken, den Bösen zu bestrafen und den Guten zu belohnen! Gerade in diesem Sinne, wenn man so will: auf volkstümliche Art, hatte das zwergenhaft gewachsene Männchen gehandelt. So entsteht aus dem tatsächlich existierenden Zwerg, der sich wehrt, die Sagenfigur, die für Gerechtigkeit überhaupt wirkt.

Die Ereignisse müssen dem Volksempfinden so sehr entsprochen haben, dass sie sich wie ein Lauffeuer verbreiteten und zu weiteren Sagen Anlass gaben. (Oder aber es waren Petermännchen-Geschichten schon im Umlauf, und die vorhandene Sagenfigur erhielt infolge der Ereignisse und Berichte eine wesentliche Bereicherung. Es ist in der Petermännchen-Forschung eine umstrittene Frage, ob die Ereignisse um den Hofzwerg Anlass auch für das Erfinden von sagenhaften Geschehnissen waren, die sich vermeintlich Jahrzehnte und Jahrhunderte zuvor ereignet haben sollen. Darüber weiter unten).

An dieser Stelle sei ausdrücklich vermerkt: Das kleine Mängen in den Berichten von 1705 und 1747 darf man nicht uneingeschränkt gleichsetzen mit der Sagenfigur Petermännchen. Die eigenartige Vermischung von Realität und Aberglaube vor allem im Protokoll von 1747 erfordert geradezu diese Unterscheidung. Das kleine Mängen verteidigt lediglich sich. Unser Schlossgeist ist vom Wesen her völlig anders. Er handelt nicht um seinet Willen, schon gar nicht rächt er Unrecht an seiner Person. Er ist kein Rächer, sondern ein Richter. Seine Gesetze sind die der Menschenwürde und Gerechtigkeit für alle. Und als Geist vollstreckt er zugleich das Urteil.

Diese Bemerkung ist um so angebrachter, weil wir eine oberflächliche und sogar falsche Darstellung vom Petermännchen als einem sich bloß rächenden Geist in einer der jüngsten Publikationen, die 2006 unter gleich zwei Titeln auf den Markt kam („Schwerin sagenhaft“ und „Schwerin. Sagenhafte Rundgänge“) finden.

Nun gibt es aber nicht wenige Petermännchen-Sagen, die mit ihrem historischen Inhalt weit vor dem 18. Jahrhundert liegen. Dadurch entsteht die Frage: Wurden diese erst im Nachhinein der Figur zugeordnet? Oder waren Geschichten von einem Schlossgeist zum Zeitpunkt der Ereignisse mit dem kleinen Mängen schon im Umlauf, und erhielt die bereits vorhandene Sagenfigur infolge der Berichte nur eine neue Kontur? Da ist einiges unklar:

Erstens, in den von Wossidlo gesammelten und überlieferten Sagen ist die Herkunft Petermännchens vielfältig, bei Löwen ist er der Ahnenreihe des mecklenburgischen Herrschergeschlechts entsprungen und sogar, wie es dem Ahnenkult gemäß ist, göttlicher Abstammung. Hat sich da ein Dichter kurz nach dem Auftreten des kleinen Mängens einfach etwas ausgedacht, was mit diesem nichts weiter zu tun hat außer einer gewissen Ähnlichkeit im Äußerlichen? Oder gab es in den Vorstellungen der Menschen schon einen Schweriner Schlossgeist?

Zweitens, in einigen der überlieferten Sagen ist Petermännchen ein verzauberter Mensch, auf jeden Fall ein verzaubertes Wesen, ein Geist, der auf Erlösung wartet. Bei Löwen ist der Schlossgeist selber ein Zauberer.

Weiter, in den überlieferten Sagen ist Petermännchen ein Geist, der lohnt und straft, für Gerechtigkeit sorgt. Das kleine Mängen im Bericht der Frau Gardemin verteidigt einzig und allein sich selber. In den Sagen weissagt Petermännchen gute und böse Geschehnisse, bei Löwen bewirkt der Zauberer nur Böses.

Schließlich, höchst seltsam ist das Problem um die äußerliche Figur des Schlossgeistes. Warum hielt sich seit dem 18. Jahrhundert kein Künstler bei der Gestaltung des Schlossgeistes an die Beschreibung der Witwe Gardemin oder von Löwen? Dieser Frage wollen wir im Folgenden zuerst nachgehen. Das Naheliegende, die vorhandene exakte Beschreibung der äußerlichen Gestalt gerade nicht zu verwenden, scheint einfach unbegreifbar.

Ein Kuriosum

Gestalt und Gestaltung des Geistes

So geheimnisvoll wie die Sagenfigur, so rätselhaft sind auch ihre äußere Gestalt und deren bildliche Gestaltung.

Das Petermännchen auf dem Rundbild (im Vorraum zur Obotritentreppe in der Beletage) im Schweriner Schloss ist nur eine seiner Gestalt(ung)en und ganz Geheimnis umwittert. Jenes ältliche kleine Wesen, dessen Auftreten die Petermännchen-Geschichten im 18. Jahrhundert auslöste oder wieder belebte, ist etwas völlig Anderes. Die Gestalt wiederum, in der der Schlossgeist seit bald 200 Jahren bis heute vorgewiesen wird, erscheint als eine mehr oder weniger freie Erfindung. (Die neuerdings präsentierte blaugelbe übergroße Teddy-Figur hat mit den Sagen nun ganz und gar nichts mehr zu tun. Sie soll uns deshalb auch nicht beschäftigen.)

Versuchen wir, die seltsamen Wege der Gestalt(ung) des Petermännchens nachzuzeichnen. Das Aussehen des im Schlosse Aufsehen erregenden „Mängens" wurde im Bericht der Witwe des damaligen Kammerlakaien Daniel Gardemin genau beschrieben. Das im Landeshauptarchiv Schwerin aufbewahrte Protokoll ist betitelt „Nachricht von dem sich ehedem in dem hochfürstl. Schloße zu Schwerin öfters sehen laßenden sogenandten Kleinen Mängen, wie es der sel. Daniel Gardemin, gewesener

Cammer-Laquay bey des hochseel. Herrn Hertzoges Friedrich Wilhelm hochfürstl. Durchlaucht., gar ofte an seine Frau, die itzige Witwe Castellanin Gardeminen hieselbst erzehlet.“ Es ist vom 12. November 1747 aus Bützow datiert. Die äußere Erscheinung des Zwerges wird hier mit folgenden Worten beschrieben: „Ess were nemblich solche Positur nur gantz klein gewest, älterlich, mit Runtzeln, aber nicht fürchterlich von Angesichte, einen etwas langen, weißen, spitzen, fast biß auf die Brust hangenden Bahrt, kurtze, graue, krause Haare, ein Calotgen auf dem Kopfe und ein Krägelgen umb den Halß, einen langen biß auf die Füße hangenden schwartzen Rock mit gantz engen Ermeln, forne eines guten Finger breits mit weiß aufgeschlagen, etwas große und forne breite Schue anhabend.“

Die Nachricht des Amtmanns Knegendorf aus dem Jahre 1705 enthält noch das zusätzliche Detail von der schwarzen und weißen Kleidung, liefert aber keine weitere Beschreibung des Männchens, widerspricht der von 1747 aber auch nicht. Der Maler Georg Schütz fertigte nach dem Bericht der Witwe eine Handzeichnung des „Mängens“ mit einer flachen schwarzen Kappe (s. S. 23).

Der Schilderung im Protokoll von 1747 entspricht in etwa die Beschreibung des Schlossgeistes durch Löwen knapp zwanzig Jahre später. Das bedeutet: Ob Löwen das Protokoll kannte oder nicht, ist gleichgültig. Entweder er anerkannte die Beschreibung aus dem Bericht der Witwe Gardemin, und zwar als das Abbild des Schlossgeistes

Petermännchen. Oder er hatte eine ähnliche Vorstellung aus einer anderen Erzählquelle. Alle drei Beschreibungen zeigen eine in etwa übereinstimmende Vorstellung von der Gestalt des Petermännchens zu seiner bis jetzt erst einmal angenommenen Entstehungszeit.

Was aber nach 1747 hinsichtlich dessen Darstellung folgte, ist mehr als kurios. Außer dem zwergenhaften Wuchs entspricht keine der späteren und heute verbreiteten Petermännchendarstellungen auch nur im Mindesten den Angaben aus der ersten Hälfte des 18. Jahrhunderts.

Das Petermännchen, Louis Fischer-Poisson, um 1823, Staatliches Museum Schwerin

Die erste bisher datierbare bewusste bildkünstlerische Gestaltung des Schlossgeistes hat mit diesen Überlieferungen überhaupt nichts zu tun, sie wurde aber das Vorbild aller späteren Gestaltungen. Erstmals um 1823, 76 Jahre nach der genauen Beschreibung des Zwerges, gestaltete der Schweriner Maler und Zeichenlehrer Louis Fischer-Poisson (1784-1845) ein Petermännchen. Sein Kupferstich wurde in jenem Jahr als Illustration in dem Buch „Mecklenburgische Sagen" gedruckt. Herausgeber war der Schweriner Schelfkirchenprediger Friedrich Studemund.

Das Petermännchen steht in dieser Darstellung auf einer Brüstung im Innenhof des Schlosses. Es ist gekennzeichnet durch die von nun an charakteristischen Merkmale der Figur: hoher federgeschmückter Hut, Mühlsteinkrause (breiter runder feingefalteter Kragen), enges Wams mit Schlaufen und Schlüsselbund am Gürtel und ein Schwert an der Seite (aus dem später oft ein Dolch wurde), Pantalons und hohe, oben weite Stulpenstiefel mit Sporen. Das Gesicht ist geschmückt mit einem nach oben gezwirbelten Schnauzbart und durch einen Kinnbart.

Petermännchen wird uns hier zwar als kleiner Mann, aber keinesfalls als ein ältliches mehr oder weniger unscheinbares Wesen im grauen Gewand gezeigt. Es ist vielmehr modisch in eine Tracht des 30-jährigen Krieges gekleidet. Der Bartschmuck ist der französischen Hofmode entlehnt. Kleidung, Schmuck und die betont lange Waffe machen die Gestalt zu einer zumindest höfischen, wenn nicht gar adligen Figur.

Geheimnisvolle Verwandlung

Was erklärt diesen Gestaltwandel, verglichen mit der Beschreibung im Protokoll von 1747? Nehmen wir einmal an, das von Knegendorf und der Witwe Gardemin beschriebene Männchen und der Zauberer bei Löwen waren äußerlich gar zu unscheinbar, hatten ganz und gar nichts Attraktives an sich. „Man" suchte statt dessen eine repräsentative Figur.

Die Annahme einer bewussten Wahl der Gestalt aber würde die Erforschung der Sagenfigur und ihrer Geschichten unerhört kompliziert machen, genauer: Wir kämen erst dadurch auf die ganze Kompliziertheit der Petermännchen-Figur und ihrer Geschichten. Man müsste dann davon ausgehen, dass die bewusst gewählte äußerliche Gestalt auch bewusst gemachte Geschichten und Zusammenhänge zur Voraussetzung oder Folge hätte. Figur und Sagen müssen ja irgendwie übereinstimmen. In die ganze Gestalt käme dann eine gewissermaßen künstlich hergestellte Seite. Und diese könnte von Interessen gelenkt sein. Und das wird wohl auf unser Petermännchen zutreffen.

Nach unserm Wissen machte erstmals Ralf Wendt 2006 auf eine notwendige Differenzierung zwischen den Volksüberlieferungen vom Petermännchen und einer Strömung, die die Interessen des Herzogshauses bediente, aufmerksam. Er wies auf die zahlreichen mündlich tradierten Volkssagen vom Petermännchen und daneben auf eine „weitgehend literarische Sagentradition" hin.

Diese wäre „von den Angehörigen des Hofes, dem mecklenburgischen Fürstenhaus, konservativen Sagenpublizisten und Literaten geprägt“ worden. „Sie sahen in dem Petermännchen einen ausgesprochenen Schutzpatron des Fürstenhauses.“

Eine solche Differenzierung würde manches Widersprüchliche bei den Sagen verständlich machen. Wir hätten dann gewissermaßen zwei Petermännchen. Das wird z. B. deutlich in solchen Sagen, in denen der Schlossgeist als Beschützer der Fürsten handelt und in Erlösungssagen, nach denen das Schloss samt Bewohnern in Blut und Wasser untergehen würden. Erwiese sich die These als wahr, würden die Schwierigkeiten bei der Erklärung der Figur und vieler Geschichten aber auch größer. Man müsste ja heraus finden, was bei den sogenannten Volksüberlieferungen original ist und was durch die literarische Tradition „erzeugt“ und auf die Volksüberlieferungen rückwirkend. Die Wechselwirkung von mündlicher Tradition und schriftlicher „Überlieferung“ ist ja unvermeidlich.

Das alles könnte durchaus in der Zukunft untersucht und dargestellt werden. An dieser Stelle ist es nicht möglich. Wir wollen hier nur dem Pfad der bildnerischen Darstellung des Schlossgeistes folgen. Und diese weist uns eben auf eine bewusst gemachte höfische Tradition hin.

Die Wahl für die Gestaltung des Schlossgeistes durch Fischer-Poisson im Jahre 1823 war nun nicht völlig willkürlich. Sie hatte ihren Ursprung zwar nicht in dem Protokoll von 1747, aber es gab ein Vor-Bild. Und zwar handelt es sich um die Gestalt auf einem Rundbild aus dem 17. Jahrhundert! Es ist dies jenes Gemälde, das in der Obotritentreppe der Beletage des Schlosses hängt und bei dem dann immer vom Petermännchen gesprochen wird. Dass es im 17. Jahrhundert geschaffen wurde, ist bestätigt durch Forschungen bei restauratorischen Arbeiten und durch röntgenologische Untersuchungen im Jahre 1972.

Herausgefunden wurde: Teile des Bildes waren übermalt worden, so wurden die Stelzen, der Spieß und die entsprechende Signatur „D. Spies“ sowie die Bäume und Büsche im Hintergrund erst später, wahrscheinlich 1752, hinzu gefügt. Der Schweriner Restaurator Joachim Lehmann entdeckte dann unter einer abgenommenen Firnisschicht die Schriftzüge eines Namens sowie die ersten beiden Ziffern der Jahreszahl 16. Klar erkennbar ist der Vorname Fritz. Der Nachname scheint aus 8 bis 10 Buchstaben zu bestehen. Damit kann angenommen werden, dass ein Fritz (Unbekannt) im 17. Jahrhundert der Maler des Bildes war. Es befand sich bereits im Besitz des Herzogs Friedrich Wilhelm (1675-1713), dem der geohrfeigte Daniel Gardemin gedient hatte. Nach Wendt war es einst „Bestandteil einer hölzernen Wandverkleidung bzw. Wandtäfelung in einem Raum des Schlosses – vermutlich dem Arbeitszimmer der Herzöge.“

Was wir also heute im Schloss sehen, ist ein Bild aus dem 17. Jahrhundert, das im 18. Jahrhundert übermalt wurde.

Zwerg in höfischer Tracht, von Crispin de Passe, Kupferstich aus dem Buch „Nucleus Emblematum“ von G. Rollenhagen, Köln 1611

Das Rundbild stellt einen zwergenhaft gewachsenen Mann in einer spanisch-niederländischen Tracht des Dreißigjährigen Krieges dar. Ernst Friedrich von Monroy vermutete 1939 in einer gründlichen Untersuchung des Bildes, die Person auf dem Gemälde wäre ein Hofzwerg des Schweriner Herzogs Adolf Friedrich I. (1588-1658) und das Bild wäre bald nach 1611 gemalt worden. Es gibt noch keinen Beleg dafür. Beweisen lässt sich bis jetzt auch nicht Monroys Hypothese, dass die Schrift auf dem Bild „D. (das ist wahrscheinlich David) Spies“ der Name des Dargestellten sei. Das müsste ebenfalls noch untersucht werden. Der Spieß und die entsprechende Signatur wurden zwar erst später aufgemalt. Die Größe und der auffallende Ort seiner Anbringung, schreibt

Rundbild auf einer Schranktürfüllung im Schweriner Schloss aus dem 17. Jahrhundert, Staatliches Museum Schwerin

Monroy, betonen den Namen jedoch„zu nachdrücklich, als dass er die Signatur des Kopisten sein könnte. Solche Hinweise auf den Namen des Dargestellten finden sich in Bildnissen der Zeit häufig; es hängt das mit der verbreiteten Sitte der persönlichen Sinnbilder... zusammen." Hier bleibt also bis jetzt fast alles unklar.

Was sehen wir? Und welche Bezüge gibt es? Worin mochte der Sinn der Darstellung dieses kleinen Mannes bestehen? Monroy ging zur Beantwortung dieser Fragen der eigenartigen Überschrift auf dem Rundbild nach: „Quid si sic". Dadurch kam er auf die Spur eines Kupferstichs des nach Deutschland ausgewanderten Niederländers Crispin de Passe (1565 – 1637), der als

Vorlage für das Rundbild gedient haben kann. Dieser Stich enthält ebenfalls das Motiv „Quid si sic". Er erschien in dem 1611 in Köln gedruckten Buch des Magdeburgers Gabriel Rollenhagen „Nucleus Emblematum" als 22. Emblem.

Beim Vergleich von Kupferstich und Rundbild werden tatsächlich Gemeinsamkeiten sichtbar. Auf dem Emblem des Niederländers ist ein höfisch gekleideter Zwerg dargestellt, mit einem hohen breitkrempigen Hut, geschmückt mit einer Agraffe und zwei Federn. Eine breite gefältelte weiße Halskrause, ein Brustpanzer und eine karierte Kniebundhose vervollständigen den Anzug. Der Zwerg steht O-beinig auf Stelzen und schaut prüfend in einen ovalen Spiegel. Um die Abbildung herum ist ein rundes Band geführt. Darauf sind die lateinischen Worte „Quid si sic" eingezeichnet.

Diese Wendung stammt aus der Komödie „Phormio" des römischen Komödiendichters Terenz (um 185 – 159 vor Chr.). Er gestaltet darin einen Gedanken von der Überlegenheit der Natur über die Kunst. Terenz setzt sich in seinen Stücken dafür ein, menschliche Verwickelungen mittels Verstand und Güte zu lösen, indem man Verständnis für andere gewinnt. Crispin de Passe stellt sich, auf seine Art Renaissance realisierend, dieser Tradition in schöpferischer Weise. In dem unter dem Bild stehenden Distichon nämlich wird der Konflikt eines missgestalteten, also andersartigen Menschen ausgewiesen: „Quid si sic? Forsan cubito sim longior, heuheu. Non ars Naturae, corrigit Ingenium." Das bedeutet: "Wie wenn so? Vielleicht könnte ich dann eine Elle länger sein; ach wehe! Nie kann die Kunst die Weisheit der Natur verbessern."

Der soziale Hintergrund für diese resignierende Erkenntnis ist: Klein gewachsene Menschen waren mehr oder weniger vom gesellschaftlichen Leben ausgeschlossen. Daher rührt der Kummer des Zwerges und der vergebliche Versuch, größer zu erscheinen, als er von Natur aus ist. Vom Betrachter wird verlangt, die Naturschöpfung eben als Naturschöpfung zu achten, nicht als Un-Natur etwa zu verachten. Dann hätte der Zwerg nicht diesen Kummer. Dieses Verständnis durch Crispin de Passe läge in der Tradition des Terenz.

Wenn man nun aber weiß, dass beim Rundbild im Schweriner Schloss u. a. Stelzen und Spieß erst später aufgemalt wurden, dann erscheint der Unterschied des ursprünglichen Rundbildes zum Kupferstich des Crispin größer als alle Gemeinsamkeiten. Das Rundbild (ohne die Stelzen usw.) zeigt einen ernst wirkenden kleinen Mann. Dieser ist gerade gewachsen und in die etwas sachlichere Tracht des Dreißigjährigen Krieges gekleidet. Er trägt Federhut, Mühlsteinkrause, Brustpanzer und Dolch oder Degen, gespornte Reiterstiefel mit Stulpen entsprechend der spanisch-niederländischen Mode. Der Mann blickt nicht in einen Spiegel, auch nicht zum Betrachter, er hat eine eigene Richtung gewählt.

Im Gegensatz zu aller bisherigen Beschreibung des Rundbildes erweist sich das, was bei Crispin als Spiegel klar erkennbar ist und beim Rundbild auch immer als solcher bezeichnet wurde, bei genauer Prüfung als etwas anderes. Der Dargestellte und sein bisher so genanntes Spiegelbild stehen in einem räumlichen Verhältnis zueinander, dass sie sich überhaupt nicht entsprechen. Der Betrachter sieht die Figur von vorne, in einem Spiegel müsste sie als Seitenansicht erscheinen. Der Spiegel ist überhaupt kein Spiegel. Das „Spiegelbild" scheint viel eher ein Gemälde der Zentralfigur zu sein. Wir haben es beim Rundbild offenbar mit einem Bild im Bild zu tun! Damit wird möglicherweise das Thema der römischen Antike neu gefasst. Es geht nicht wie bei dem Enblem um die künstliche physische Vergrößerung eines klein gewachsenen Menschen – die Stelzen fehlen ja -, sondern auf dem ursprünglichen Rundbild aus dem 17. Jahrhundert sehen wir einen Menschen und sein Porträt und ihr Verhältnis zueinander. Es schien dem Künstler des Schweriner Bildes nicht um eine weitere, nur andersartige Bestätigung einer antiken Weisheit über die Überlegenheit der Natur über alle Kunst zu gehen. Die Problemsicht ist eine ganz andere. Es geht um das produktive Verhältnis von Kunst und Wirklichkeit. Eine Möglichkeit der Interpretation wäre: Ein – in diesem Falle klein gewachsener - Mensch denkt, angeregt durch sein Porträt, über sich nach. Von unserm Standpunkt aus betrachtet: Mit diesem Bild reflektiert Kunst über sich selber, über ihre Bedeutung für den Menschen, für seine Selbsterkenntnis. Das ist ein wesentlicher Schritt über Antike und Renaissance hinaus. Diese Auffassung des Themas durch den Schöpfer des ursprünglichen Rundbilds ist hoch interessant und macht es wahrscheinlich, dass so eine Gestaltung nicht irgendwo, sondern im herzoglichen Arbeitszimmer Platz fand.

Das alles könnte man weiter untersuchen, ist aber nicht unsere Aufgabe hier. Wir konstatieren: Trotz mancher Übereinstimmungen ist das ursprüngliche Rundbild in Schwerin keine Kopie des Crispinschen Kupferstichs. Es ist – ausgewiesen durch die Tracht aus dem 30-jährigen Krieg – auf jeden Fall zeitlich später als das Enblem Crispins entstanden. Es ist das ganzfigurige Porträt eines klein gewachsenen Menschen und sein Porträt. Die sachliche Unterschrift in einer Ausstellung könnte sein: Klein gewachsener Mann mit Porträt. Einen Hinweis darauf, dass es sich hierbei um eine geisterhafte Erscheinung handelt, gibt es u. E. nicht.

Die Erfindung der Stelzen

Wann die Schrift mit der Frage „Quid si sic" auf dem Rahmen angebracht wurde, ist noch nicht ermittelt.

Betrachten wir nun die mit Sicherheit nachträglich vorgenommenen Änderungen auf dem Rundbild: Den Spieß und die entsprechende Signatur „D. Spieß", die Krückenstelzen sowie die Bäume und Büsche. Wahrscheinlich wurden sie um 1752 aufgemalt. Dadurch nähert sich das Bild der Intention des Enblems von Crispin, ein Zwerg vergrößert sich durch Stelzen. Inzwischen wurde in der Landesbibliothek Mecklenburg-Vorpommern eine bereits 1610 erschienene Darstellung des Motivs Zwerg auf Stelzen und sein Abbild gefunden, und zwar in dem Buch „Ethographia Mundi. Lustige ... Beschreibung der heutigen neuen Welt...“, herausgegeben von Johann Sommer. Im Zentrum sehen wir einen auf Stelzen schreitenden Mann. Im Hintergrund erkennt man das Bild eines Stelzenmannes, darauf angedeutet die Devise „Quid si sic“. Wir haben es also schon hier mit einem Bild im Bild zu tun. Jener Maler nun, der das Schweriner Rundbild 1752 veränderte, wird beide Stiche gekannt haben. Er schafft nämlich eine Variante zu ihnen beiden. Bei Crispin steht die Hauptfiguren auf Stelzen und beschaut sich im Spiegel. Bei Sommer ist der Spiegel kein Spiegel, sondern ein Abbild/ Gemälde des Zwergs. Der Zwerg selber bewegt sich, auf Stelzen schreitet er von seinem Abbild fort . Beim veränderten Rundbild im Schweriner Schloss sehen wir am Rande ein Abbild der Zentralfigur ohne Stelzen und die Hauptfigur selber auf Stelzen, aber nur stehend. D. h. auf dem veränderten Rundbild unterscheidet sich die Figur mit Stelzen bewusst von ihrer früheren Position ohne Stelzen. Zwischen beiden Situationen liegt die Erfindung der Stelzen.

Die beiden Stiche und das Rundbild sind durch die Frage „Quid si sic“ miteinander verbunden. Alle drei zusammen gesehen erzählen eine Geschichte. Jedes Bild gestaltet eine besondere Phase der Geschichte. Da kommt ein kleiner Mann auf die Idee, sich mit Stelzen zu vergrößern und beschafft sie sich (1752). Dann beschaut er sich im Spiegel (Crispin). Und schließlich handelt er,

ETHOGRAPHIA MVNDI 1. PARS.

Lustige / Artige / vnd Kurtzweilige / jedoch warhafftige vñ glaubwirdige beschreibung der heutigē Newē Welt / im Glauben / Bekendniß / Religion / Wandel / Sitten vnd Geberden / Kleidung vnd Tracht / vnd allerley Handel vnd Wandel / vnd gantzem Leben.

Der Posierlicher zum Historischen Zeitspiegel / Vnd der Newen Welt vnd allen Jungen außgeheckten Welt-Kindern zum gründlichen vnterricht / wie sie sich in die Newe Welt schicken sollen / auch zu sonderlichem Wolgefallen gedicht vnd gericht / vñ nunmehr auff vieler begern zu letztenmal Corrigiret vnd ans Liecht gebracht / Durch

IOHANNEM OLORINVM VARISCVM

16  10.

Zu Magdeburg / bey Johan Francken.

„Ethographia Mundi. Lustige ... Beschreibung der heutigen neuen Welt...", herausgegeben von Johann Sommer, Magdeburg 1610

läuft mit den Stelzen los (Sommer). Das philosophische Problem: Wie wenn so? ist durch die drei Bilder in eine Handlung umgestaltet. Diese entstand künstlerisch aber erst durch das veränderte Schweriner Rundbild. Es zeigt den Ursprungsakt der Handlung, nämlich die Erfindung. Diese ist die eigentliche besondere Leistung in dem ganzen Geschehen. Die künstlerische Idee, die drei Bilder in eine solche Beziehung zueinander zu setzen, mag der Maler als so originell empfunden haben, dass er seinen Namen auch als Spieß sinnbildlich gestaltete. Letzteres ist eine Interpretation, der umgestaltende Künstler ist ja (noch) nicht bekannt.

Dieser besondere künstlerische Schaffensvorgang aber ist in der Geschichte der Kunst des öfteren praktiziert. Einige Künstler beziehen sich bewusst auf Vorgänger, zitieren deren Motive, wandeln sie ab oder schaffen Gegenbilder. Gewissermaßen diskutieren sie mit der Vergangenheit, arbeiten mit ihr bzw. arbeiten sie um. Was auch der Umgestalter des Rundbildes im Schweriner Schloss tat. Mit großer Wahrscheinlichkeit kann somit angenommen werden, dass es sich auch bei dem veränderten Rundbild um die Darstellung eines sozialen und philosophischen Problems handelt und nicht um die einer geisterhaften Erscheinung.

Ob die Bestellung des Strelitzer Herzogs aus dem Jahre 1752, ihm ein Bildnis des „Petermanns“, wie es hieß, zu senden, den Schweriner Schlossgeist Petermännchen meint, ist (noch) nicht erwiesen oder widerlegt. Die Verwendung des Namens allein besagt nichts.

Petermann oder Petermännchen war, wie wir im Kapitel über den Namen weiter ausführen, eine Gattungsbezeichnung für klein gewachsene Menschen, Zwerge/ Erdgeister u. a. m.

Von diesem (umgestalteten) Bild gibt es nun aber eine Sage. Es wäre nach einem Gelage über Nacht auf unerklärliche Weise auf der Schranktür erschienen. Wahrscheinlich ist: Diese Sage gehört, wenn nicht zu den bewusst gemachten, so doch zu den bewusst geförderten Geschichten über das Gemälde und den Schlossgeist. Die Beschreibung der Witwe Gardemin lieferte ein gar zu klägliches Bild vom Schlossgeist. Da entsprach der höfisch gekleidete Zwerg auf dem Rundbild doch viel eher den Vorstellungen der Schlossherren über ihren Schutzgeist. So hatte man etwas Sagenhaftes und Attraktives obendrein.

Die Fragen hören jedoch nicht auf. Warum brachte man den Schlossgeist in Verbindung mit einem Zwerg auf Stelzen? Es gibt keine Sagen, in denen Petermännchen sich auf diese Weise bewegt. Gab es da überhaupt noch keine anderen Sagen über den Schlossgeist außer den Geschichten von einem Zwerg, der Ohrfeigen verteilte? So dass man ohne Skrupel den Schlossgeist und den Zwerg auf Stelzen auf dem Rundbild identifizierte? Man könnte das so annehmen, denn sonst wäre ja die Vorstellung vom Schlossgeist auf Stelzen von den Sagen widerlegt worden. Sind die Petermännchensagen also tatsächlich erst, wie Ralf Wendt annimmt, im 17./ 18. Jahrhundert entstanden?

Wenn aber die Geschichten von dem Ohrfeigen verteilenden Zwerg der Ursprung der Sagen und dann dieses Bild des Zwergs auf Stelzen der Ursprung seiner Gestalt gewesen sein sollen: Warum wird dann in keiner Sage, in keinem Bericht Bezug genommen auf die für einen Schlossgeist wahrlich seltsam anmutenden Fortbewegungsmittel? Wir finden in keiner Überlieferung auch nur die Andeutung von Stelzen oder einem Spiegel. Nirgendwo in den Sagen taucht eine Vermutung oder gar eine Erklärung dafür auf, dass sich das Männchen auf Stelzen neben einem Spiegel befindet, dass es Sporen an den Stiefeln trägt, obwohl weit und breit kein Pferdchen zu sehen ist. Nur eine Sage gibt es, die das Tragen von Sporen als ganz vage Möglichkeit erscheinen lässt: „Allnächtlich in der Mitternachtsstunde reitet das Petermännchen aus der Spitze des Berges („Petermännkenbarg", Petersberg bei dem Dorf Pinnow bei Schwerin, d. Verf.) hervor, um seinen Schimmel in dem zu Füßen des Berges liegenden Heiligen See zu tränken." Ansonsten gibt es nichts, was auch nur im Entferntesten einen Sagenbezug zu dem Bild besitzt. Dieser Tatbestand erscheint höchst seltsam, wenn die Sagen erst später entstanden.

Er erscheint genauso fremdartig, wenn deren Existenz schon für den Zeitraum zuvor angenommen wird. Dann wäre die Wahl des Bildes mit dem Stelzenmann völlig unmotiviert. Bis jetzt muss man dann annehmen: Wenn Fischer um 1823 statt der Beschreibung der Witwe Gardemin diese Gestalt aus dem 17. Jahrhundert als Vor-Bild wählte, und zwar ohne Stelzen, dann wird er entsprechende Sagen gekannt haben. In Anlehnung an das Rundbild schuf Fischer eine Figur, die im Widerspruch nicht zu den Sagen stand und dem Wunsch nach einem attraktiven, d. h. höfisch geformten Wesen entsprach. Eine Annahme.

Wir können hier lediglich konstatieren: Die Beschreibung des kleinen Mängens durch die Witwe Gardemin spielte für die Gestalt(ung) des Schlossgeistes überhaupt keine Rolle. Ob Löwen sie kannte und nach ihr den Geist Niklots beschrieb, ist nicht bekannt. Auf jeden Fall zeichnete er in seiner Geschichte eine davon unterschiedene Figur.

Der Ausgangspunkt für die bis in die Gegenwart wirkende Petermännchendarstellung ist das Rundbild auf der Schranktür im Schweriner Schloss, in der Fassung aus dem 17. Jahrhundert. Es hat in der veränderten Fassung aus dem 18. Jahrhundert einen Bezug zum Titelbild eines Buches von 1610 und zu einem Kupferstich Crispin de Passe von 1611 mit einem philosophischen Thema. Mit einem geisterhaften Wesen hatten diese drei Bilder nichts zu tun. Das Rundbild auf der Tür in der Ursprungsfassung wurde auf bisher ungeklärte Weise mit dem Petermännchen in Verbindung gebracht. Mit dieser „Vorlage“ gingen die auf Fischer-Poisson folgenden Gestalter des Schlossgeistes aber sehr unterschiedlich um.

Die eine Richtung hält sich im Wesentlichen an die Figur auf dem veränderten Rundbild aus dem 18. Jahrhundert, gestaltet sie also auch mit den Stelzen. Unter ihnen ragt die in einer Nische im Innenhof des Schloss stehende lebensgroße Sandsteinfigur besonders hervor. Der Bildhauer und Senator der Stadt Schwerin, Christoph Heinrich Hermann Petters (1810-1884) schuf sie im Auftrage des Großherzogs Friedrich Franz II. von Mecklenburg-Schwerin während der Umbauarbeiten des Schlosses in der Mitte des 19. Jahrhunderts. Nach Auffassung des mecklenburgischen Geschichtsforschers Robert Beltz (1859-1942) soll sich der Künstler als Modell selbst genommen haben. Beltz schreib 1940: „Ich habe Petters noch gekannt und halte es für durchaus möglich, sicher war der Schnitt seines Bartes derselbe wie der seines Petermännchens."

Ansonsten hielt sich Petters an das Rundbild, ebenso wie viele andere, die bis zum heutigen Tag weit über einhundert unterschiedliche Petermännchendarstellung schufen, Kitsch und Kunst eng nebeneinander.

Kurios nun ist: Seit Entstehung der Sandsteinplastik gilt diese als das Original des Petermännchens. Und eigentlich dürfte es nicht mehr spuken. Dazu gibt es nämlich die Sage: „Friedrich Franz twee sein Mudder Alexandrine, dee ehr Swiegermudder sall em verdammt hebben, up dee hett he schawernackt un spitzt; dor hett see em in Steen verwannelt, dorvon steiht he dor as Steen. Petermänncken hett gegenan protestiert, oewer he hett nich mihr snacken künnt." (Friedrich Franz' II. Mutter Alexandrine, deren Schwiegermutter (Auguste, d. Verf.) soll ihn verdammt haben, die hat er immer geärgert,

Sandsteinplastik von Christoph Heinrich Hermann Petters (1810-1884), um 1856, im Innenhof des Schweriner Schlosses

da hat sie ihn in Stein verwandelt, daher steht er da als Stein. Petermännchen hat dagegen protestiert, aber er hat nicht mehr sprechen können).

Kurios ist in unserm Zusammenhang aber vor allem: Diese Darstellung des Schlossgeistes mit Stelzen hat ja außer mit dieser Sage, die zudem auch noch sein Ende „belegt", ganz und gar nichts mit irgend einer Sage vom Petermännchen zu tun. Alle figürlichen Beziehungen des Schlossgeistes auf Stelzen sind durch die Bank eine völlig gedankenlose und widersinnige Übernahme des Rundbildes aus dem 18. Jahrhundert.

Bleistiftzeichnung vom Hofmaler Theodor Schloepke (1812-1878), um 1840, Staatliches Museum Schwerin

Die andere Richtung der Petermännchen-Darstellungen ging schöpferisch mit dem Vor-Bild aus dem 17. bzw. 18. Jahrhundert um. Die Stelzen schienen keinen Sinn zu ergeben, sie wurden einfach ignoriert. Auch der „Spiegel“ erscheint auf keiner weiteren Abbildung. Die Darstellungen bewegen sich zwischen zwei Extremen.

Karlheinz Effenberger, Petermännchen, 1978

Auf einer originellen Grafik von Karlheinz Effenberger aus dem Jahre 1969 erkennt man den Schlossgeist nur noch an der Halskrause und an dem Hut mit der Feder, ansonsten ist der kleine Kerl nackt. Der Holzschnitzer A. Studt hingegen, der die Eichenholzplastik des Petermännchens Ende des 19. Jahrhunderts schuf, stattete die Figur mit Hut und Halskrause, Schlüsselbund und großem Schlüssel, Schwert und Stulpenstiefeln und zusätzlich mit einer Laterne aus.

Die dominierende Form ist die erste nachweislich bewusst den Schlossgeist gestaltende Darstellung von Louis Fischer-Poisson aus dem Jahre 1823 geworden. Und sie scheint eine Anregung aus dem Rundbild zu sein. Ihr Vorzug ist: Fischer hielt sich an die Sagen und ließ die Stelzen weg. Damit bezog er sich auf das – nun übermalte – Vor-Bild aus dem 17. Jahrhundert! Das ist eine für unser Thema wichtige Aussage. Es war eben das ursprüngliche Rundbild mit dem Zwerg ohne Stelzen, das in dem Bewusstsein der Schlossleute eine Beziehung zu ihm hatte. Das provoziert die Frage, ob es bereits im frühen 17. Jahrhundert Sagen vom Schweriner Schlossgeist gab. Im folgenden Kapitel wollen wir für die Antwort einen Grund legen.

Vom Königreich ins Franziskanerkloster

Zunächst ein kleiner Exkurs zu unserer Forschungsmethode. Der Mecklenburger Heinrich Schliemann (1822 bis 1890) fängt in seinem fünften Lebensjahrzehnt ein neues Leben an, er wird Archäologe, und dazu einer der berühmtesten. Er liefert wesentliche Bausteine zur Entdeckung Trojas, mit dem wiederum Homers „Ilias“ verbunden ist, eines der bedeutendsten literarischen Werke der europäischen Kulturgeschichte.

Der Trojanische Krieg war ca. 1200 vor der Zeitr. Homer schrieb sein Epos mit den Sagen über diesen Krieg ca. 400 Jahre später. Es ist die Geschichte von dem trojanischen Prinzen Paris und den Göttinnen Athene, Hera und Aphrodite, vom Raub der schönen Helena und dem dadurch veranlassten Krieg der griechischen Könige Menalaos, Odysseus und Agamemnon mit ihrer Heldenschar gegen Troja. Und die Götter der Griechen und Trojaner kämpfen kräftig mit.

Wie geht Schliemann nun vor, um Troja zu finden, von denen einige Forscher sogar meinten, es existierte gar nicht? Schliemann forscht in den Sagen, in der künstlerisch gestalteten Sagenwelt der Götter, Halbgötter und der irdischen Helden, nach Spuren für die wirklichen Ereignisse. Er entdeckt geographische und lokale Angaben. geht ihnen nach und findet schließlich jenen Hügel, auf dem Troja lag. Die Sagendichtung Homers ist ihm Kompass bei seinen Erkundungen mit dem Spaten.

Diese Methode möchten wir auch beim Petermännchen anwenden. In den Sagen sollten Spuren jener Wirklichkeit zu finden sein, die Anlass der Sagen wurde. Und da finden wir: Es gibt eine ganze Reihe von Überlieferungen, die sich ganz und gar nicht mit dem Auftreten eines Zwergs im 18. Jahrhundert erklären lässt. Sie weisen auf Geschehnisse in viel früheren Zeiten. Zudem besitzen sie unterschiedliche, ja gegensätzliche soziale Inhalte. In einigen Sagen agiert der Schlossgeist als Beschützer der mecklenburgischen Herrscher, in anderen gehen mit seiner Erlösung Fürstenhaus samt Schloss in Blut und Wasser unter. Und sie stehen mit ihrer Erklärung der Herkunft des Schlossgeistes ganz und gar im Gegensatz zu den Berichten aus dem 18. Jahrhundert.

Ob es bereits vor den Ereignissen mit dem kleinen Mängen Sagen um einen Schlossgeist gab, lässt sich zwar nicht sicher ermitteln. Der im 18. Jahrhundert vorgenommene bildliche Rückgriff auf das o. g. Rundbild und somit auf eine Gestalt des Dreißigjährigen Krieges ist aber ein Indiz dafür, dass Sagen über den Schlossgeist schon seit längerem kursierten. Warum sonst wählte man gerade diese ältere Darstellung und nicht die Beschreibung der Gestalt durch die Witwe Gardemin?!

Es gibt zudem die Sage von der Vertreibung Wallensteins aus dem Schweriner Schloss und die Überlieferung des Schweriner Konditors Sattler, Petermännchen sei ein verstoßener Sohn dieses Feldherrn. Beide könnten durchaus ein Beleg für ein höheres Alter der Sagenfigur sein. Das Gegenargument, sie wären erst im Nachhinein entstanden, ist zwar nicht von der Hand zu weisen, mit dieser Methode kann man allerdings viele Überlegungen auf ganz einfache Art vom Tisch wischen; im Bereich der Sagenforschung haben wir es ja zumeist mit zeitlich nicht leicht fest zu machenden mündlichen Überlieferungen zu tun.

Ob die folgende Überlieferung vom historischen Stoff her mit dem 30-jähriger Krieg (1618 – 1648), einem sogenannten Religionskrieg, zusammen hängt oder mit der von Luther 1517 eingeleiteten Reformation, ist völlig unbestimmt: „Petermännchen hett einen Preester inmuern laten in dat Muerwerk in dat oll Sloss Swerin wägen den Globen. De Preester hett nich den Globen annehmen wullt. De hett em verwünscht vör sinen Doot" (Petermännchen hat einen Priester einmauern lassen im Mauerwerk der alten Schlosses Schwerin, wegen des Glaubens. Der Priester hat nicht den Glauben annehmen wollen. Der hat ihn verwünscht vor seinem Tode). Der genannte Zusammenhang ist lediglich denkbar, weil es solches Verhalten von Landesherren seinerzeit eben gab. Wie sonst sollen die Gewährsleute Wossidlos auf solch ein Sagenmotiv gekommen sein. Solche gewissermaßen zwingenden Vermutungen sind in der Sagenforschung unvermeidlich.

Wie soll man die folgenden Überlieferungen deuten: „Petermännchen de richtige Thronerbe was, de is bedragen worden um sein Erbe, ist verwünscht." (Petermännchen ist der richtige Thronerbe gewesen, der ist betrogen worden um sein Erbe, ist verwünscht.)

Auf die Frage, wer Petermännchen verwünschte, erhielt Wossidlo zur Antwort: „Dat sünd wol drei wäst, wie ik hürt heff; he is de Öllste wäst, em is da bikamen, den Thron to kriegen. Öwer de annern beiden hebben em verwünscht. He is so lütt wäst, dorüm heit he jo Petermännchen. De annern beiden hebben em trügstöten wullt." (Das sind wohl drei gewesen, wie ich gehört habe: er ist der Älteste gewesen, ihm ist es zugekommen, den Thron zu kriegen. Aber die anderen beiden haben ihn verwünscht. Er ist so klein gewesen, darum heißt er ja Petermännchen. Die anderen beiden haben ihn zurückstoßen wollen). Es ist sehr wohl möglich, dass dies alles ein Reflex der vielen Streitigkeiten bei der Thronfolge in der Herrscherfamilie war. Das Erstgeburtsrecht wurde sehr spät durchgesetzt (1701). Aber sicher ist da nichts – das Einzige ist: Die Überlieferungen werden nicht ohne Grund entstanden sein.

Nun gibt es auch Sagen bzw. Berichte, die zeitlich noch weiter zurückführen und auf einen ganz anderen geschichtlichen Hintergrund deuten. Nehmen wir also den Faden wieder auf, den wir bei Johann Friedrich Löwens Deutung vorerst aus der Hand gelegt hatten. Bei ihm erschien der Schlossgeist als Geist Niklots, des letzten freien Obotritenfürsten und Ahnherrn des mecklenburgischen Fürstengeschlechts. War das eine Erfindung Löwens, oder existierte diese Sicht schon länger?

Der verwunschene Königssohn

Der Volkskundler Richard Wossidlo hörte ganz verschiedene Vorstellungen darüber, wer Petermännchen gewesen wäre. Die meisten gehen davon aus, im völligen Gegensatz zu den beiden Berichten aus dem 18. Jahrhundert, dass Petermännchen irgendwie aus dem Fürstenhaus stammt. Nachdem Großherzog Friedrich Franz IV. 1918 hatte abdanken müssen, äußerte eine 88jährige Frau aus Neukalen Wossidlo gegenüber voller Überzeugung: „Ik heff all dacht, dat Petermännchen nu wedder an de Reihg' keem." (Ich habe schon gedacht, dass Petermännchen nu wieder an die Reihe käme). Offensichtlich meinte sie, dass er nun wieder an die Regierung käme. Gehen wir einmal diesen Auffassungen auf den Grund.

Der Volkskundler Richard Wossidlo (1859-1939)

„Dat Petermännken sall früher ’n Prinz wäst sind, as Mecklenborg noch ’n Königrik was, dat hett hei arben süllt. Einmal hett hei’n Preister dotslagen, dor is hei verwünscht wor‘n und all sin Land und Volk mit. Wenn dat lütt Petermännken erlöst war, sall Swerin un de Herzog und dat Slott unnergahn, un dat olle Swerin, dat nu up’n Grunn’ von ’n See liggen deit, sall denn weder hoch kamen“ (Das Petermännchen soll früher ein Prinz gewesen sein, als Mecklenburg noch ein Königreich war, das hat er erben sollen. Einmal hat er einen Priester totgeschlagen, da ist er verwünscht worden und all sein Land und Volk mit. Wenn das kleine Petermännchen erlöst wird, sollen Schwerin und der Herzog und das Schloss untergehen und das alte Schwerin, das nun auf dem Grund des Sees liegt, soll dann wieder hochkommen).

„Petermännchen is König wäst. – Se meenen jo immer, dat (Mecklenburg, d. Verf.) is ’n Königreich wäst früher, und dat sall noch mal wedder Königreich warden“(Petermännchen ist König gewesen. – Sie meinen ja immer, das ist ein Königreich gewesen früher, und das soll einmal wieder Königreich werden).

Untersuchen wir einmal diese Überlieferungen. Gab es auf dem Territorium Mecklenburgs je ein Königreich? Möglich ist, dass die Erzähler die Anrede der Großherzöge mit „Königliche Hoheit“ verwechselten und aus dem Großherzog gleich einen König machte, so wie in manchen Dörfern das bescheidene Gutshaus zum Schloss avancierte. Tatsache ist aber auch: Es gab in obotritischer Zeit ein Königreich. Der obotritische Herrscher Thrasko wurde 804 von Kaiser Karl dem Großen zum König ernannt. Heinrich von Lübeck, Obotritenherrscher 300 Jahre später (bis 1127), Schöpfer des der Ausdehnung nach größten Reichs der Obotriten, ein auf wirtschaftliche Entwicklung bedachter Herrscher, seinerzeit entstand die sog. Königsstraße zwischen Lübeck, Laage und Demmin, Heinrich von Lübeck wurde von Kaiser Lothar III. (1125 – 1137) in einer Einladung an den Hof als König angesprochen.

Nehmen wir noch die Sage vom Auszug der Unterirdischen aus Mecklenburg hinzu - weil ihnen hier das Brot zu sehr gesegnet würde, und nur ein Petermännchen soll zurück geblieben sein, und bedenken wir dann noch die Sagenerklärung für die Verwünschung des Prinzen, nämlich den blutigen Konflikt mit einem Priester, dann kann dieser ganze Sagenstoff durchaus mit der Zeit deutschen Ostexpansion im 10. bis 12. Jahrhundert und der Christianisierung zusammen hängen. Er wäre ein mythischer Reflex aus der Untergangszeit des Obotritenreichs. Der „sagenhafte“ Priestermord und die Verwünschung des Prinzen in einen Zwerg wären die mythische Spiegelung der mehr oder weniger gewaltsamen Christianisierung des eroberten Obotritenreiches. Der Mord reflektiert auf besondere Weise verzweifelte Gegenwehr der Obotriten auch gegen die geistige Diktatur der Eroberer. Christentum musste den Slawen damals als Versklavung erscheinen; die Missionare waren entweder die Vor- oder Nachhut der feindlichen Krieger gewesen oder gar gemeinsam mit ihnen gekommen. Mittels der Christianisierung raubten die Deutschen im 12. Jahrhun-

Niklots Tod, Farbzeichnung von Horst Schmedemann, 1991

dert den im Lande verbliebenen Obotriten den letzten Rest ihrer Eigenheit und stülpten ihnen einen fremden Glauben über.

Während die Sage vom Auszug der Zwerge die Flucht spiegelt, ist die Sage vom Priestermord eine der wenigen Volksüberlieferungen, denen zufolge sich die obotritischen Slawen aktiv auch gegen die geistige Unterdrückung, die gewaltsame Christianisierung, zur Wehr setzten.

Aus dieser Deutung des Sagenstoffes ließe sich auch der Widerspruch erklären, dass Petermännchen einerseits Beschützer des Fürstenhauses, mit seiner Erlösung aber der Untergang der Herrscherfamilie verbunden ist. Dieser Widerspruch reflektiert ein tatsächliches historisches Verhalten und Problem. König Niklot, der letzte freie Obotritenherrscher und Ahnherr der mecklenburgischen Fürstenfamilie, verteidigte die Unabhängigkeit seines Volkes gegen die Deutschen, ein obotritischer Schutzgeist wird also für Niklot und die Herrscherfamilie einstehen. Niklots Sohn Pribislaw tritt zum christlichen Glauben über, heiratet eine Christin und wird zum ersten Obotritenherrscher im deutschen Reichsverband. Ein obotritischer Schutzgeist muss Pribislaw als Verräter sehen und dessen Herrschaft verdammen. Das gegensätzliche Verhalten von Niklot und Pribislaw finden wir bei den obotritischen Herrschern des öfteren während der Kämpfe mit den Deutschen im 11. und 12. Jahrhundert.

Die Sagen vom Schlossgeist als Beschützer und als Feind des Fürstenhauses erweisen seine eindeutig parteiische Haltung für die Unabhängigkeit des Volks der Obotriten, und je nach dem dem Verhalten der Herrscher werden sie beschützt bzw. beseitigt. Die Haltung des Geistes ist eindeutig, der Widerspruch nur scheinbar.

Petermännchen ist Beschützer der einen und Feind der anderen Linie. Welcher aber? Scheinbar hängt das vom Standort des jeweiligen Erzählers ab. Der historische Sagenzusammenhang aber lässt keine Willkür zu. Wenn der Prinz erlöst wird, geht das nach ihm Entstandene zu Grunde, und das (alte) Königreich ersteht wieder. Damit ist der verwunschene Prinz eindeutig bestimmt als Heide, seine Feindschaft gilt dem mit den Eroberern einbrechenden Christentum.

Und noch etwas erzählen diese Überlieferungen: Mit der Erlösung des Petermännchen würde das alte Schwerin lebendig werden - möglicherweise liegt der Auffassung ursprünglich der Wunsch nach Wiederkehr des (idealisiert gedachten) freien Lebens am Ausgang der slawischen Urgesellschaft zugrunde. Das ist ja ein normaler Vorgang, dass Menschen Vergangenheit idealisieren und ihre Wiederkehr wünschen, wenn sie die Gegenwart als chaotisch und bedrohlich empfinden.

Es ist durchaus möglich, dass die im 18. Jahrhundert und später (neu) entstandenen Petermännchen-Sagen mit älteren Sagenkreisen oder mit älteren, nur noch dunkel bewussten historischen Ereignissen verknüpft wurden. Wie sollten die Gewährsleute Wossidlos von sich aus auf solche Dinge kommen wie Königreich Mecklenburg, verwunschener Prinz, Priestermord, Emigration der Zwerge wegen zu sehr gesegneten Brotes? Auf jeden Fall gibt es in den verschiedenen Sagenkreisen um die Figur auch einen Sagenkreis mit Indizien für eine slawischen Vergangenheit. Johann Friedrich Löwen interpretierte in seiner Dichtung „Marquise" Petermännchen Mitte des 18. Jahrhunderts als Geist Niklots. Das scheint uns ein Beleg dafür, dass dieser Zusammenhang seinerzeit, bei Aufkommen der neuen Petermännchen-Sagen, geläufig war. Warum sonst sollte der Dichter nach den Berichten über das „kleine Mängen" sogleich einen solchen Zusammenhang herstellen?

Ob diese Figur bereits vor über 800 bis 1000 Jahren in den Sagen der obotritischen Slawen auf ihrer Schweriner

Burg lebte, ist nicht rekonstruierbar, der Zusammenhang wäre, wie Ralf Wendt und Christoph Schmitt vermuten, erst nachträglich von romantischen und neuromantischen Erzählern des 19. Jahrhunderts hergestellt und von nachfolgenden Historikern bzw. von Wossidlo zu belegen versucht. Das bleibt bis jetzt eine Vermutung. Es ist genauso möglich, dass die im 18. Jahrhundert entstandenen Petermännchen-Sagen im Nachhinein mit älteren Sagenkreisen oder älteren, nur noch dunkel bewussten historischen Ereignissen verknüpft wurden. Für eine solche Erklärung ist die Auffassung von Christoph Schmitt, Petermännchen sei eine Kristallisationsfigur für verschiedene Sagentypen, recht hilfreich. Es fragt sich allerdings, woher eine durch einen Hofzwerg angeregte Sagenfigur diese Bindungskraft haben mag.

Ist nicht eher der umgekehrte Vorgang denkbar: Die im 18. Jahrhundert entstandenen Geschichten vom Schlossgeist bildeten sich in Anknüpfung an überliefertes Volksgut aus obotritischer Zeit? So wie aus der Slawenburg auf der Burginsel im Schweriner See eine deutsche Burg wurde? Das jetzige Schloss steht auf dem Boden der alten Slawenburg aus dem 10. bis 12. Jahrhundert. Diese war von ihrem Besitzer im 12. Jahrhundert zwar abgebrannt worden, als die Deutschen das Land östlich der Elbe eroberten. Auf den Resten des Erdwalls und der Pfähle der alten Slawenburg errichteten die Deutschen aber dann ihre Burg, und mit ihr wuchs dann auch das Schloss. Die Obotriten hatten wie andere Völker auch ihre Hausgötter. Hervorragende, sagenhaft gewordene Familienväter oder Stammesälteste spielten notwendigerweise eine große Rolle bei der Weitergabe von Erfahrungen und führten bei den Nachkommen zum Ahnenkult, aus dem sich die Haus- bzw. Burg- und Tempelgötter erklären. Warum soll nicht auch die Obotritenburg im Schweriner See ihren Hausgeist gehabt haben. Und warum soll er nicht in den Gefolgsleuten von Pribislaw, Niklots Sohn, weiter gelebt haben? Dass wir hier mutmaßen, ist ein in der Mythenforschung normaler Vorgang. Wahrscheinlich sind Mythen so alt wie die Sprache und womöglich in noch älteren Verhaltens- und Erlebensmustern verwurzelt. Im Unterschied zur Sprache sind Entstehung und Überlieferung von Mythen zumeist im Dunkeln. Aber so wie unsere heutige Sprache ihre Vorstufe hat und diese wiederum ihre Vorstufen, so wuchsen wahrscheinlich auch die Mythen um den Hausgeist der Burg im Schweriner See.

Es wäre überhaupt kein Wunder, wenn der Hausgeist des Schweriner Schlosses schon der Hausgeist der alten Burg war und mit dem Schloss und seiner ganzen Geschichte verbunden blieb. Bedenklich im Sinne von abwegig ist nicht eine solche Mutmaßung, sondern bedenklich ist die Annahme, dass so ein altes Bauwerk erst im 18. Jahrhundert einen Hausgeist bekommen hätte. Das nämlich ist unser für das Petermännchen spezifischer methodischer Ansatz: Für den Schweriner Schlossgeist ist das märchenhaft anmutende Schloss auf der romantischen Burginsel im Schweriner See immer der reale Ausgangspunkt für das Erzählen von Sagen. Und diesen „Ausgangspunkt Schloss“ muss man auch in seiner ganzen geschichtlichen Ausdehnung mitbedenken.

Die Gottheit mit Laterne und Schwert

Eine weitere Quelle der Petermännchensage liegt möglicherweise in den religiösen Verhältnissen der Slawen. Danach erscheint Petermännchen als ein Gott der Obotriten (Radegast), der bei der Christianisierung in einen Zwerg oder Kobold verwandelt wurde – so die Deutung einer Sage und des bis Anfang des neunzehnten Jahrhunderts geübten Brauchs vom Martensmann durch den Volkskundler Richard Wossidlo. Eine Variante dieses Gedankens ist: Der Schlossgeist ist einer der zwergenhaften Geister, d. h. Diener dieses Gottes. Und als die Zwerge (die man ganz allgemein als Petermännchen bezeichnete) von Mecklenburg fortzogen, „weil ihnen das Brot zu doll gesegnet“ ward, da blieb ein einziger zurück, um den heiligen Schatz der Obotriten und die Angehörigen des Volkes zu schützen. Und er behielt auch den Namen, der zuvor für alle galt.

Wossidlo stellte zu diesem Zusammenhang eine hochinteressante Überlegung und Beweisführung an. Nach seiner Auffassung handelt es sich bei Petermännchen um eine Himmels- und Lichtgestalt der Slawen, auf die auch Züge aus der Religion der Germanen überkommen waren. Seit 600 vor der Zeitenwende etwa lebten Germanen im ostelbischen Raum, in den ersten 400 Jahren unserer Zeitrechnung ist der germanische Stamm der Langobarden nachweisbar, danach verließen die Germanen das Land, und Slawen besiedelten es.

Wossidlo schrieb 1939: „Dass von dem Götterglauben und dem Kult der Wenden, die mehrere Jahrhunderte hindurch in unserem Lande herrschten, sich Spuren in unserer Volkssage erhalten haben müssen ist für jeden, der sich mit der Religionsgeschichte befasst hat, selbstverständlich." Von diesem methodologischen Grundsatz aus war Wossidlo aufgefallen, dass einige Sagen vom Petermännchen in manchem an einen heute längst versunkenen Brauch erinnerten: Am 10. November jedes Jahres, dem Martinstage, lieferte – so geschehen bis 1816 – die Stadt Lübeck durch einen „reitenden Diener" ein Fass Most an das Schloss nach Schwerin. Der Diener trug eine Mühlsteinkrause und war in einen roten Mantel gehüllt – also ähnlich dem Petermännchen. Unterwegs hatte er in Rehna ein Festmahl von Rüben zu essen – Petermännchens Speise, die ihm gewöhnlich im Schloss gerichtet wurde. Beim Einzug in Rehna und auch in Schwerin wurde dem Martensmann eine Laterne vorangetragen, selbst bei hellichtem Tage – die Laterne Petermännchens, deren Licht eine Hebamme mit ihrer Schere putzen muss, wenn der Geist erlöst werden soll.

Und merkwürdigerweise hatte in dem Zimmer, wo der Festschmaus des Martensmannes stattfand, ein Bett zu stehen, wie im Petermännchen-Zimmer im Schloss.

Wossidlo meinte nun: „Sage und Brauch zusammen geben Aufschluss über das Wesen der Gottheit, die wir im Petermännchen zu erkennen haben." Die Laterne, die seltsame Hebammensage, die Sagen von der Erlösung durch das Kopfabhauen und das Blankputzen des verrosteten Schwertes: „Das alles legt den Schluss nahe, dass es sich um eine Himmels- und Lichtgottheit handelt, die mit ihren Strahlen die dunkle Wetterwolke durchbricht“ und der Blutopfer zu bringen sind. Gestützt wird dieser Gedanke auch durch Folgendes: Das große Fest zu Ehren dieses Gottes feierte man am 10. November, bekannt als Festtag des Radegast. Zu diesem Opferfest sandte bereits in heidnischer Zeit das polabische Lübeck nach dem obotritischen Schwerin ein Fass Most als Beitrag für das Opfermahl.

Die christlichen Bekehrer nun setzten bei diesem Festtag an die Stelle des slawischen Gottes den Heiligen Martin. Die Feier des Tages und die Ablieferung der früheren Opfergaben blieben von Bestand, als Martens-mann-Schmaus: „Das Volk musste an dem feierlichen Aufzug, an dem es lebendigen Anteil nahm (alle Arbeit ruhte), Genüge finden.“ Nach dem Sieg der deutschen Feudalherren und der Kirche wechselten die Götter die Namen. An die Stelle der alten Götter traten die Heiligen der Kirche. Wossidlos Schlussfolgerung war: „Aus dem auf der heidnischen Tempelburg im Schweriner See verehrten Gotte ward in der Überlieferung des Volkes der Schutzgeist des an derselben Stelle erbauten Schlosses, und in den Sagen von diesem Schutzgeist hat unser Volk mit einer Zähigkeit, die in der ganzen deutschen Sagenwelt ihresgleichen nicht findet, Erinnerungen an Zeiten bewahrt, die wir mit anderen Mitteln nicht zu erhellen vermögen.“ Diese Aussage ist eine kühne Hypothese, die sich auf einige Fakten und Sagen gründet.

Nach ihrem Verständnis wäre erklärbar, dass A. Studt Ende des 19. Jahrhunderts die Petermännchen-Holzplastik mit einer Laterne ausrüstete. In dieser Zeit lebte auch noch der Brauch, dem Schlossgeist eine Speise mit roten Rüben darzubringen. Auch das hatte mit dem Götterkult der Slawen zu tun, ohne dass diejenigen, die den Brauch ausübten, sich dessen bewusst waren. Zu den Zeremonien der Verehrung der Götter und Hausgeister gehörten Trank- und Speiseopfer.

Eichenholzplastik von A. Studt, 1897, Staatliches Museum Schwerin

Reinhard Gerling beschreibt denselben Zusammenhang wie Wossidlo und kommt zu einem anderen und doch ähnlichen Ergebnis. „In grauer Vorzeit erhob sich an jener Stelle, die heute das Residenzschloss ziert, die gewaltige Tempelburg des Heidengottes in einem geheiligten Hain. Dort herrschte Swarog (Der Glänzende), auch Perun genannt, über das Licht und die Erde, angebetet und mit reichen Opfergaben beschenkt nicht nur vom Volke und den Priestern, sondern auch bedient von tausend Luft-, Erd- und Wassergeistern, die, des göttlichen Winkes harrend, stets bereits waren, seine Befehle zu vollstrecken. Und als Swarogs Eichen gefällt, seine Herrschaft zertrümmert war durch den Himmelsboten aus Nazareth, da floh der alte Heidengott in die Tiefen des Ozeans, wo er der Wiederaufrichtung seiner Herrlichkeit harrt bis ans Ende aller Tage. Aber seine Diener, die

Der Petersberg bei Pinnow nahe Schwerin

Geister, ließ er zurück, an den Stätten seiner Herrschaft. Sie wachen darüber, dass ihres Gottes frühere Wohnsitze erhalten bleiben. Wohl beugen sie sich der neuen Ordnung, doch haben sie die Macht, Warner der Guten und Quäler der Bösen zu sein, die der Götter heiligen Grund bewohnen. Ebenbürtig dem slawischen Markopeten Pustekat, der als vertrauter Diener des vertriebenen Gottes das Bisdeder Heiligtum überwachte, so ist einem anderen Geiste, genannt das Petermännchen, die Bewachung der Tempelburg selbst anvertraut, auf deren abgrundtiefen Ruinen das Residenzschloss der Mecklenburger Herrscher sich erhebt. – Als das Heiligtum am Schweriner See in Trümmer fiel, da zogen sich die unterirdischen Geister von dem Orte der Trauer hinweg in den Petersberg, der nahe bei dem Dorfe liegt, das heute den gleichen Namen führt. Dort wohnten sie und blieben mit denen in Verbindung, die heimlich dem alten Gotte treu blieben. Als aber die Zahl der Heiden immer geringer wurde, zog die ganze Schar nach der Türkei, und der Schiffer an der Schweriner Fähre war's, der sie überfuhr.

Nur ein Zwerg blieb zurück, eben der Hausgeist des Schlosses, der den Namen Petermännchen behielt bis auf den heutigen Tag, obwohl er selbst sich als Puck bezeichnete."

Dass es ausgerechnet der Petersberg bei Pinnow nahe Schwerin war, wohin sich die Geister zurück zogen, hat ebenfalls historische Gründe. Die Gegend um den Petersberg ist altheiliger Boden. In unmittelbarer Nähe liegt Peckatel, das durch Grabfunde aus der Bronzezeit und sich daran knüpfende Volkssagen ausgezeichnet ist. Bei Pinnow liegt die Wasserscheide zwischen Nordsee und Ostsee, und diese bildete schon in vorslawischer Zeit zugleich eine Völkerscheide. In dieser Gegend, vermutet Wossidlo, hätte ein großes germanisches Heiligtum gestanden. Als dann die Slawen ins Land kamen, wagten sie nicht, die heilige Stätte zu entweihen. „Sie vermischten vielmehr die früher verehrte germanische Gottheit mit ihrem Lichtgott, dem sie im Schweriner See eine Tempelburg erbauten." So erklärte sich die Sage, dass Petermännchen einen Gang vom Petersberge nach dem Schloss hin habe oder in einer Nacht dorthin geritten sei.

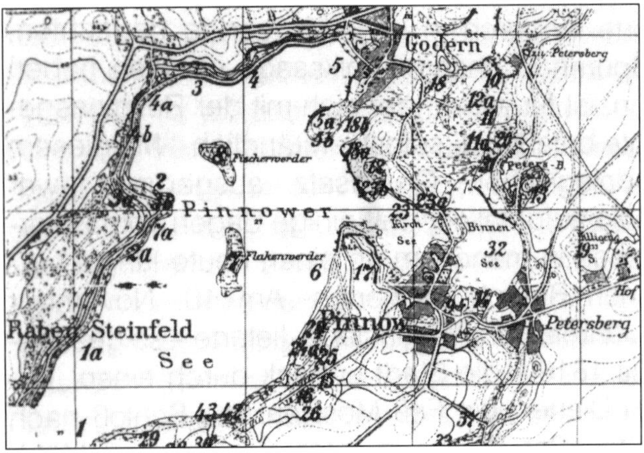

Die Gegend um Pinnow, Ausschnitt aus der Topografischen Karte

Ein Teufelsgespenst an heiliger Stätte

Mit dem Namen Puck oder auch Pück wird nun durch Gerling eine weitere Quelle für die Sagenfigur des Petermännchens eingeführt. Wir wollen ihr nach gehen. Möglicherweise hilft sie uns, das fehlende Glied, den Zusammenhang zwischen dem obotritischen Burggeist einerseits und dem Petermännchen andererseits (aus dem 17./ 18. Jahrhundert) zu finden. Über den Verbleib des verwunschenen Prinzen bzw. des Burggeistes nach der Eroberung Mecklenburgs durch die Deutschen „wissen" wir ja noch gar nichts, das meint: gibt es keine Überlegung.

Mit Puck wird in etlichen Sagen ein Haus- oder Schiffsgeist bezeichnet. Er hat die Gestalt einer Katze oder auch eines Drachens, erscheint oft aber auch als kleiner Junge mit roter Kleidung. Einen Puck kann man sich durch bestimmte rituelle Handlungen besorgen, etwa wenn man in der Mitternachtsstunde rückwärts zwei Feldgrenzen überschreitet. Der Puck hilft bei der Arbeit, z. B. beim Weben und beim Melken, er kann einem ebenfalls Geld verschaffen. Man muss ihm immer Aufgaben und natürlich auch Nahrung geben, sonst wird er ein rechter Plagegeist. Er neckt dann nicht bloß und winselt wie ein Hund, so dass man des Nachts kein Auge zutun kann, sondern rauft einem das Haar und versetzt einem auch schon mal ein paar heftige Hiebe.

Über einen Poltergeist Puck (der eigentlich eine Gattungsbezeichnung für Kobolde ist) in Schwerin existiert eine im 16. Jahrhundert aufgezeichnete Sage. Danach brachten ihn Mönche des Franziskaner-Ordens (das Kloster stand in Schwerin an der Stelle der heutigen Staatskanzlei)

Der Poltergeist Puck

aus dem Hause eines Edelmannes in Klein Brütz mit. Das „Teufelsgespenst" (so die Bezeichnung des Geistes aus christlicher Sicht) betrug sich jedoch den Mönchen gegenüber ganz manierlich. Es diente ihnen redlich, vor allem in der Küche, wurde oder war also ein zivilisiertes nützliches Wesen, ein guter Hausgeist, erhielt dafür seinen Lohn, einen bunten, mit Glöckchen behangenen Rock, und erhob sich dann in die Lüfte.

Gerling ist nun der Auffassung, Puck sei das Petermännchen. Er schrieb über den Puck nach Verlassen des Klosters: „Von da ab, so wird berichtet, trat der Pück oder das Petermännchen seinen Dienst im Schweriner Residenzschlosse an. Er ist aber nicht mehr der Pück von früher. Von dem Zeitpunkt an, da er Hüter der unterirdischen Waffenkammer des Heidengottes geworden, da ihm die Schätze der Tempelburg Swarogs anvertraut wurden, erscheint er in einem vor Alter tiefgefurchten,

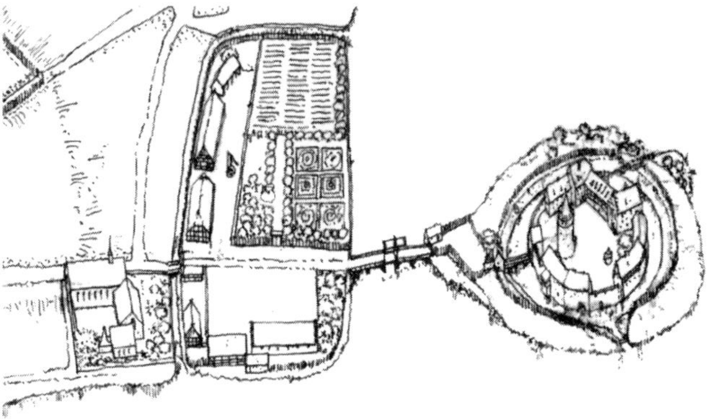

Kloster, Alter Garten und Burginsel um 1550

aber nicht abschreckenden Antlitz, mit langem weißen Barte und grauen Locken unter dem breitkrämpigen Hute, den Mantel über die Schultern geworfen und mit Reiterstiefeln bekleidet. Doch ist die Farbe des Mantels nach den ältesten Berichten nicht immer grau, sondern oft schwarz, zuweilen auch weiß, je nachdem Trauer oder Freude in der Burg herrscht, und statt des Hutes sahen ihn andere in einer Tarnkappe (Kalotgen). Das Petermännchen hat die Gabe der Weissageung und verkündet dem Herrn des Residenzschlosses und dessen Familie sowohl frohe Ereignisse als auch Unglücksfälle, vorzugsweise jedoch letztere, namentlich Tod und kriegerisches Unheil. Das Petermännchen übt sein Amt gegen jeden rechtmäßigen Inhaber und Bewohner des Schlosses mit Freundlichkeit aus, fremden Eindringlingen und unwillkommenen Gästen aber ist er ein wahrer Quälgeist, indem er ihnen durch Poltern und Neckereien die nächtliche Ruhe stört, bis sie den Aufenthalt aufgeben. Auch beobachtet und prüft er die Dienerschaft der Burg und straft die Treulosen."

Wieder beim kleinen Mängen angelangt

Der Poltergeist Puck des Franziskanerklosters und der Schlossgeist Petermännchen besitzen tatsächlich auffallend viele Gemeinsamkeiten.

Beide sind Hausgeister und zugleich Wandelgeister, sie verändern ihren Aufenthaltsort.
Beide erschrecken durch Poltern ihnen unangenehme Personen und vertreiben sie sogar. (Puck störte die Gäste des Edelmannes in Klein Brütz, Petermännchen vertrieb z.B. den Feldherrn Wallenstein.)
Puck und Petermännchen verrichten als Hausgeister Küchendienste. (Puck arbeitet 30 Jahre in der Klosterküche, und Petermännchen half viele Jahre der Köchin im Schloss.)
Beide Geister können sich unsichtbar machen und durch die Luft fliegen. [Puck flog den Klosterbrüdern unsichtbar voraus, als er mit ihnen nach Schwerin zog. Petermännchen hat sich ebenfalls manchmal unsichtbar gemacht (z. B. bekam ihn die Köchin in all den Jahren nie zu Gesicht); er soll auch vom Petersberg zum Schweriner Schloss geflogen sein].

Dass Puck vom Franziskanerkloster zum wenige Meter daneben gelegenen Schloss auf der Burginsel gelangt, ist, nach dem Gesetz der Sage, leicht glaubhaft. Klostersteine wurden nach dem Abriss von Gebäuden der Franziskaner beim Schlossbau im 16. Jahrhundert verwendet. Und Hausgeister wandern eben mit den Steinen oder Balken ihres Gemäuers mit. Der Sage nach sollen

Kloster und Schloss auch durch einen unterirdischen Gang verbunden sein. Gemeinsamkeiten der beiden Geister in ihren Eigenschaften und durch Steine und unterirdischen Gang im Wortsinn sogar Verbindendes – Gerlings These ist nicht von der Hand zu weisen.

Hinzu kommt, dass es keine zeitliche Überschneidung der Sagen über beide gibt. Die Puck-Sage gibt es schriftlich überliefert wenigsten noch Ende des 16. Jahrhunderts, nachdem das Franziskanerkloster teilweise schon abgerissen war. Die Petermännchensagen beginnen – nach Ralf Wendt – nach dem Dreißigjährigen Krieg, spätestens im 18. Jahrhundert. Dazwischen liegt u. a. der Bau der Schlosskirche mit den Steinen des Klosters. Als durch Knegendorf und Frau Gardemin das „kleine Mängen" ins Gerede kommt, spricht der mecklenburg-schwerinsche Kanzler von Westphalen (1700-1759) zur gleichen Zeit öffentlich über den Poltergeist Puck. Er spricht nicht über das anonyme „kleine Mängen" oder gar über das Petermännchen. Das könnte ein Zeichen dafür sein, dass die Puck-Sage zu jener Zeit lebte und der polternde und Ohrfeigen verteilende Zwerg als der Puck angesehen wurde.

Was die Namen angeht: Beide sind ursprünglich Gattungsbezeichnungen. Die Petermännchen waren zwergenhafte Erdgeister, die Puckse (wie man damals den Plural bildete) kleine lustige Kobolde oder Dämonen. Im Altnordischen bedeutete „puki" Teufelchen. In Shakespeares „Sommernachtstraum" ist der Diener des Elfenkönigs Oberon ein Puck, der durch die Luft fliegt und gern Schabernack treibt, im Grunde ein gutmütiger und hilfsbereiter Geist. Für das kleine Mängen erhielt sich die Bezeichnung Petermännchen.

Das Wissen um einen polternden Geist des nahe dem Schloss gelegenen Franziskanerklosters mag jedoch auch bloß eine einfache Verknüpfung beider Sagenkreise begünstigt haben. Wie Westphalen zeigt, hat das Poltern und Ohrfeigen im Schloss jedenfalls Anlass gegeben, nicht allein (neue) Sagen zu erzählen, sondern auch alte Sagen neu aufleben zu lassen. Diesen Schnittpunkt markiert der jetzt möglicherweise vorgenommene Namenswechsel. Bei Westphalen taucht in dem Zusammenhang eben noch „Puck“ auf, bei Löwen wenig später schon „Petermännchen“ mit der langen slawischen Vorgeschichte. Im Mecklenburgischen Landeshauptarchiv Schwerin befinden sich übrigens zwei Grafiken des Petermännchens von Louis Fischer, abgelegt unter der Bezeichnung „Puck“.

Die Geschichte vom Puck könnte das Verbindungsglied sein zwischen dem obotritischen Burggeist und unserm Petermännchen. Die Verbindung könnte folgender Maßen aussehen: Die Deutschen besetzen die Burginsel im Schweriner See und nisten sich dort ein. Der Burggeist der Obotriten (der Hausgeist der Slawenburg oder der im Burgtempel verehrte Slawengott oder der verwunschene Königssohn) wird nun heimatlos. Er irrt im Lande umher. Vorübergehend „lebt“ er in dem slawischen Dorf Klein Brütz nahe Schwerin. Von hier bringen ihn die Mönche des Franziskanerordens nichts ahnend mit nach Schwerin. Aus dem Kloster wandert oder fliegt der Puck dann ins Schloss. Der verwunschene Prinz oder der Diener des Heidengottes oder der Heidengott selber ist endlich wieder zurück gekehrt an die Stätte seines Ursprungs.

Um noch einmal auf die scheinbar mysteriöse, eigentlich aber problemvolle und deshalb so anregende Darstellung des Petermännchens durch der Hofmaler Louis Fischer zurück zu kommen: Dieser kannte sicher Sagen vom Schlossgeist, und die handelten von einem Geist ohne Stelzen, also malte er sie im Unterschied zu seiner Vorlage (aus dem 18. Jahrhundert) nicht. Er hatte das ihm zugängliche Rundbild zwar benutzt, aber ganz selbstverständlich die Stelzen ignoriert. Bei seiner Umformung muss er sich auf Sagen bezogen haben, die von der Herkunft des Schlossgeistes handelten und in denen dieser u. a. ein Königssohn ist, der Geist Niklots, des Ahnherrn der mecklenburgischen Herrscher, wie Löwen es einst meinte. Warum sonst wohl zeichnete er ihn in dieser höfisch-fürstlichen Gestalt?! Das wäre eine Erklärung auch dafür, dass sich Fischer zugleich nicht an die Beschreibung im Protokoll von 1747 zu halten brauchte.

Demnach wäre das kleine Mängen von 1705/1747 dann in der Sage auch gar nicht zu dem legendären Schlossgeist geworden. Sondern das unerhört kühne Auftreten des verkleideten Hofzwerges war nur eine unter vielen Erscheinungen, die den Glauben an den Schlossgeist nährten. Es führte lediglich dazu, bereits vorher kursierende Sagen über ihn in der ersten Hälfte des 18. Jahrhunderts wieder mit Macht aufleben zu lassen, Sagen aus der Zeit des 30-jährigen Krieges im 17. Jahrhundert, der Reformation im 16. Jahrhundert und der Christianisierung im 12. Jahrhundert.

Der geheimnissvolle Zwerg, Zeichnung von Horst Schmedemann

Weshalb heißt der Schlossgeist Petermännchen?

Vom Necknamen zum heiligen Petrus

Als der Berggeist im Riesengebirge auf Wunsch des von ihm geliebten, aber ihn nicht wieder liebenden Mädchens die Rüben auf seinem Felde zählte, wieder und noch einmal und erneut zählte, um ganz sicher zu gehen – da hatte er seinen Namen weg: Rübezahl. So einfach ist das bei unserem Petermännchen auch und doch wieder nicht.

Es könnte sein – nehmen wir an, das Auftauchen des Hofzwerges Anfang des 18. Jahrhunderts war der Ausgangspunkt der Sagen -, dass dieser Hofzwerg Peter hieß oder auch einfach so genannt wurde. Denn Peter war im Mittelalter der häufigste kirchliche Taufname, er wurde zwar seit dem 14. Jahrhundert von Johann und Nikolaus überflügelt, blieb jedoch überdurchschnittlich oft erhalten. Auch die Zusammensetzung des Namens war verbreitet: Großpeter, Kleinpeter, Petermüller, Petermann (im Oberdeutschen Petermandl). Man gebrauchte den Namen auch ganz allgemein bei nicht näher bekannten oder für zu erratende Personen. Die Verkleinerung „Petermännchen“ wurde gar eine Gattungsbezeichnung für klein gewachsene Wesen. Es ist sogar möglich, dass sich der Name in seiner Verkleinerung auf die dargestellte Person des Rundbildes bezieht, wie aus einem Schreiben geschlussfolgert werden kann: Deshalb muss sich die Bitte des Strelitzer Hofs aus dem Jahre 1752, vom „Bild des Petermann“ eine Kopie anzufertigen, überhaupt nicht auf den Namen des Dargestellten und somit unser Petermännchen beziehen. Man bestellte lediglich die Kopie des Bildes eines klein gewachsenen Mannes. In Mecklenburg hießen ja auch die Unterirdischen (Zwerge) Petermännchen. Aus dem 17. Jahrhundert ist eine kleine Silbermünze bekannt, die man Petermännchen nannte.

Die allgemeine Verbreitung ließ Peter auch zum Necknamen werden, u. a. zur Bezeichnung einer besonderen Art von Menschen, wie einfältiger, dummer, komischer, langweiliger Peter. Im Niederdeutschen ist er gar eine Scherzbezeichnung für bestimmte Dinge, wie „de ruge Peter“ für Sauerteig, „de höltern Peter“ für Fensterkreuz u. a. m.. Auch ein Fisch, eine genässte Pulverkerze oder ein Stück Mauerstein tragen bzw. trugen diesen Namen. Ein heute noch bei Kindern beliebtes Quartettspiel heißt „Schwarzer Peter. Aus dieser Geschichte des Namens ließe sich also erklären, weshalb man das unbekannte „kleine Mängen“ Peter nannte, selbst wenn der Hofzwerg nicht so geheißen haben sollte. Und da es sich um ein kleines Wesen handelte, war dieses eben ein Petermännchen. Das hat zunächst erst einmal gar nichts mit einem Geist zu tun.

Nun haben wir es aber nicht bloß mit irgend einem klein gewachsenen Menschen zu tun, sondern in der Auffassung der Leute damals mit dem Schlossgeist. Wie Richard Wossidlo im Ergebnis seiner Untersuchungen feststellte, war „Petermännchen“ eine Gattungsbezeichnung für Kobolde, Berg- und Hausgeister. Das galt nicht allein im Mecklenburgischen. In dem Roman „Das Petermännchen, Geistergeschichte aus dem 13. Jahrhundert“ (Prag 1791/92) von Christian Heinrich Spieß ist die Titelfigur ein Geist der Unterwelt. Der Autor stammt aus dem Landkreis Brand-Erbisdorf und lebte zur Zeit der Niederschrift dieser Geschichte im Böhmischen.

In einer der mecklenburgischen Sagen werden die Unterirdischen Petermännchen genannt. Sie handelt davon, dass sie das Land verließen, weil ihnen hier das Brot zu sehr gesegnet würde. Ein Petermännchen aber blieb zurück. Dieses Motiv ist möglicherweise ein Reflex auf die Zeit der Christianisierung im 10. – 12. Jahrhundert. Es existiert für verschiedene Orte, auch lokalisiert für die Fähre bei Raben Steinfeld/Schwerin-Mueß. Möglicherweise hatten die Petermännchen in der Sage ihren Wohnsitz im Petersberg bei Pinnow nahe Schwerin. Und hier finden wir evtl. eine weitere Ursache für die Bezeichnung des Schweriner Schlossgeistes.

Nach Wossidlo soll der Petersberg bei Pinnow, auch Petermönkenbarg oder Hogbarg genannt, der heiligste von allen (Zwergen)Bergen in Mecklenburg sein. Urkundlich erwähnt ist der Petersberg im 12. Jahrhundert. Nach Adolf Wuttke sind „die vielen Petersberge“ in Deutschland ursprünglich „Donars Berge“ (Donar, Sohn Odins, in der nordischen Mythologie der Donnergott, der Altvater, bei den Römern Jupiter. Bei den Slawen war er die Lichtgottheit). Die Kirche setzte nun an die Stelle der heidnischen Gottheiten die christlichen. Der

Donner-Wettergott Donar bzw. der slawische Lichtgott wurden abgelöst durch Petrus, den Himmelspförtner mit dem Schlüsselbund, der zugleich Schutzpatron der Soldaten, Fischer und Schmiede ist. In Petrus aber sind viele Merkmale der germanischen und slawischen Gottheiten zusammengeflossen: Donner-, Wetter- und Lichtgott, alles Himmelsgestalten, Schutzgeist der wichtigsten „Berufe“ am Ausgang der Urgesellschaft. Nach ihm ist dann auch der heilige Berg der Germanen und Slawen (um)benannt, der Petersberg bei Pinnow (lateinisch: Petrus, deutsch: Peter), und danach wiederum heißen die Unterirdischen eben Petermännchen, gewissermaßen rückwirkend. .

Das beim Auszug der Zwerge zurück gebliebene Petermännchen nahm nun seinen ursprünglichen Wohnsitz im Petersberg wieder ein. Vielleicht gehört es zu den Dienern der slawischen Gottheit und hütet ihre Insignien. Der Sage nach besitzt es einen unterirdischen Gang zum Schweriner Schloss und soll ja auch eines Nachts auf einem Pferd dorthin geflogen sein und als Schlossgeist wirken.

So sind dann auf unser Petermännchen nicht nur das Merkmal des Lichtgottes (die Laterne), sondern auch das des Himmelspförtners, das Schlüsselbund, überkommen. Daher erklärt sich, weshalb auffallend viele Soldaten und Fischer in den Sagen agieren und gerade sie den Schlossgeist erlösen können, und weshalb man im Petersberg Geräusche vom Schmieden vernommen haben will. In der Figur mit dem christlichen Namen sind heidnische Eigenschaften aufbewahrt. Im Grunde handelt es sich um dieselbe religiöse Gestalt, nur unter einem anderen Namen und in christlicher Form, die dann die zuletzt gültige Bezeichnung bewirkte.

Leben durch Sterben – die Bluttat

„Hausgeister werden für gewöhnlich nicht erlöst," stellt Christoph Schmitt in seiner typologischen Untersuchung des Petermännchen-Sagenstoffes fest. Der Schweriner Schlossgeist aber wird erlöst, genauer: kann erlöst werden. Und das auch noch auf sehr viele und ganz unterschiedliche Art und Weise. Eine der zahlreichen Fragen zur Besonderheit des Petermännchens ist, ob es in der deutschen Mythologie eine Figur nicht nur mit so vielen Eigenschaften, sondern auch mit so mannigfachen Erlösungsmöglichkeiten gibt. Auch in dieser Hinsicht bestätigt sich, dass wir es hier nicht mit einem ganz gewöhnlichen Hausgeist zu tun haben – wie auch immer die verschiedenen Sagen um die Gestalt entstanden sein mögen, jetzt sind sie nun einmal da.

Auch in den sehr unterschiedlichen Erlösungsarten des Schlossgeistes erscheint die Vermischung ganz verschiedener Quellen für die Sagenfigur, wie zum Beispiel:

- *Petermännchen kann erlöst werden, wenn sein Bart dreimal um den großen Block gewachsen ist, an dem er in seiner Wohnung im Ziegelsee sitzt. Wendt und Schmitt deuten die Herkunft dieses Erlösungsmotivs als aus der Kyffhäuser-Sage kommend. Kaiser Barbarossa schläft dort im Berg und wartet auf seine Wiederkehr.*

Die meisten der Erlösungsarten aber müssten noch untersucht und gedeutet werden. Der Schlossgeist kann erlöst werden,

- *wenn ein zur Erlösung des Geistes geborener Soldat, der beim Schlosse Posten steht, nach Aufforderung Petermännchens auf den Schlossturm klettert und das Bund Schlüssel herunterholt, das dort oben hängt.*

„An de Geburt sall dat liggen, wer em erlösen kann“ („An der Geburt soll as liegen, wer ihn erlösen kann“). „In Grambow wier vör viertig Johr (um 1870) 'n Scheperknecht, dee säd', he wull Petermännchen erlösen. He wir twischen twölf un een geburen, säd' he“ (In Grambow war vor vierzig Jahren ein Schäferknecht, der sagte, er wollte Petermännchen erlösen. Er wäre zwischen zwölf und eins geboren, sagt er). Wenn eine solch einfache Erlösungsmöglichkeit bisher nicht gelang, dann mag das auch mit aus dem Aberglauben herrührender Furcht zusammen hängen. Als ein Soldat, der Petermännchen erlösen sollte, seiner Braut davon erzählte, fiel er, durch einen Schuss getroffen, tot um, wurde Wossidlo berichtet;

- *wenn ein solcher Soldat das Geld, das in der Schatzkammer ruht, in vier vollkommen gleiche Teile teilt.*

Ein Soldat versuchte es, aber: „Een Stück is oewrig bläben. Dor hett Hammer und Biel bi lägen, dor hett he dat mit intwei kloppen süllt. Oewer he hett dat nich dahn“ (Ein Stück ist übrig geblieben. Da haben Hammer und

Beil dabei gelegen, damit hat er es teilen sollen. Aber er hat das nicht getan);

- *„Petermännchen sall alle 100 Johr wandeln. Wenn em denn een den Sloetel afnimmt (den 'n hett he in de Hand), denn is he wedder Prinz und erlöst" [Petermännchen soll alle 100 Jahre wandeln. Wenn ihm dann einer den Schlüssel abnimmt (den hat er in der Hand), dann ist er wieder Prinz und erlöst];*

- *wenn er mit dem Petermännchen eine Stunde lang (nach anderen Sagen in drei Nächten) ringt, wobei der Soldat keinerlei Schmerzen empfindet, obwohl er am ganzen Körper braun und blau wird.*

- *Wenn ein Soldat ihn beim Fechten besiegt. „He wier so verzaubert, hett Petermännchen secht, dat he mit eenen fechten müsst; wenn dee siegen ded, wir he erlöst." (Er wäre so verzaubert, hat Petermännchen gesagt, dass er mit jemandem fechten müsste; wenn der siegte, wäre er erlöst).*

In den folgenden Erlösungsmotiven deutet sich eine völlig andere Art an, wenn auch nur erst in den Folgen der Erlösung. Sie erinnern an apokalyptische Weltuntergangsvorstellungen. Diese jedoch sind verbunden mit der Wiederkehr einer früheren Welt. Unseres Erachtens wäre es der Untersuchung wert, ob sich hier biblische Motive mit obotritischen Vorstellungen mischen. Was für einen Grund sonst könnte es geben, den Untergang der in der Sage gegebenen Gegenwart und die Wiederkehr einer Zeit davor zu wünschen? Der Schlossgeist wird, sagt die Sage, erlöst,

- *wenn der Nachtwächter, dem die Bewachung des Schlosses anvertraut ist, sich vom Petermännchen verleiten lässt zu rufen: „De Klock hett drütthein slahn" (Die Uhr hat dreizehn geschlagen).*

Aber als ein Nachtwächter das einmal getan haben soll, sah er Ströme von Blut aus der Erde hervorquellen. „So süll hüüt oder morgen Swerin noch eens ünnergahn, hett Petermännchen dor secht" (So soll heut' oder morgen Schwerin noch einmal untergehn, hat Petermännchen da gesagt);

- *wenn ein dazu geborener Soldat den verrosteten Säbel des Petermännchens von allen Flecken völlig befreit. Einer versuchte es. „De Soldat is bang' worden, dor sünd allerhand böse Tiere wäst bi Petermännchen" (Dem Soldaten ist bang geworden, da waren allerhand böse Tiere bei Petermännchen), oder: „dor hebben sik so väl Gesichter gezeigt (Da haben sich schreckliche Spukgestalten gezeigt)." „Twee Nacht hett he't uthollen. De drüdd Nacht is he weglopen vör de Gestalt, dee is so schrecklich wäst" (Zwei Nächte hat er es ausgehalten. In der dritten Nacht ist er weggelaufen vor der Gestalt, die ist so schrecklich gewesen). – „De Soldat hett sik verleewt hatt; doruüm hett he den Pustplacken nich weg kreegen: Unreine Gedanken hett he nich hebben süllt" (Der Soldat hat sich verliebt gehabt; deshalb hat er die Rostflecken nicht wegbekommen: Unreine Gedanken hatte er nicht haben sollen). – „In dree Abende sall he den Säbel blank putzen. De Soldat hett dor nicht bi räden süllt. As he den drüdden Dach anfängt to räden, ward de Säbel root." (An drei Abenden sollte er den Säbel blank putzen. Der Soldat hat dabei nicht reden sollen. Als er den dritten Tag anfängt zu reden, wird der Säbel rot).*

Als ein passender Soldat aber endlich einmal gefunden wurde und er den Säbel nahezu blank geputzt hatte, tauchte schon die Kirche des alten Schwerin aus dem See hervor. „Up den See is dat wäst as luter Füerkugeln. En koppern Dack is oewer de Kuppel wäst; schellenförmig as`n Kätel is dat wäst" (Auf dem See ist es gewesen wie voll lauter Feuerkugeln. Ein kupfernes Dach ist über der Kuppel gewesen; schellenförmig wie ein Kessel ist das gewesen).

Mit diesen und den dann folgenden Erlösungsmotiven gelangen wir in eine sehr, sehr mystische Welt. Sie gehört vielleicht zu sehr weit zurückliegenden Glaubensepochen der abendländischen und orientalischen Kultur. Die Erlösung des Schlossgeistes sei möglich,

- *wenn ein dafür geborener Soldat dem Petermännchen mitten ins Herz sticht, so dass ein Blutstrahl hervorquillt. „Wenn du mi blootwunnen deihst, bün ik erlöst" (Wenn du mich auf den Tod verwundest, bin ich erlöst);*

- *wenn solch ein Soldat dem Petermännchen den Kopf abhaut.*

In dieser blutigen Richtung gibt es weitere Erlösungsarten. Bedenkenswert erscheint uns hier die Frage: Seine ursprüngliche Gestalt gewinnt der Schlossgeist wieder, indem man ihn tötet? Durch Sterben das Leben gewinnen? Das kennen wir zumindest aus dem Neuen Testament. Andere Bezüge sollen hier nicht genannt werden, sie brauchten zu viel der Erklärung. Nach der Erzählung der Bibel sendet Gottvater seinen Sohn in Menschengestalt auf die Erde. Jesus als Gottessohn erleidet auf der Erde den Kreuzestod und fährt danach auf zu seinem Vater im Himmel. Er verliert also die Menschengestalt und gewinnt durch den Tod sein ursprüngliches Wesen wieder. Das bedeutet, die o. g. Erlösungsmotive des Petermännchens einmal interpretiert: In den Sagen finden sich mythologische Überreste, nach denen der Hausgeist von seinem Wesen her göttlicher Natur ist. Das ist mehr, als wir uns je von unserm kleinen Geist im Schweriner Schloss hätten träumen lassen. Es entspricht aber seinem in verschiedenen Sagen berichteten Wesen, Richter über die Taten von Menschen zu sein und auf orakelhafte Weise Ereignisse anzukündigen.

Dieser Spur folgt dann auch Richard Wossidlo. Er sammelte neben den bisher genannten Erlösungsmotiven auch noch das Folgende. Der Schlossgeist ist frei,

- *wenn eine Hebamme mit der Schere, die sie an dem Tage bei einer Entbindung benutzt hat, das Licht der Laterne putzt, die das Petermännchen trägt.*

Nun kann man zwar wie Christoph Schmitt sagen: Laternen sind typische Arbeitsgeräte der Zwerge bzw. der Unterirdischen, wie man sie im Mecklenburgischen auch bezeichnet. Wossidlo hingegen folgte jenen Indizien in den Sagen, die auf die slawische Mythologie zu verweisen scheinen. Er sah in dem eben genannten Erlösungsmotiv Spuren des Glaubens an einen Lichtgott.

Der Auffassung Wossidlos über den mythologisch-göttlichen Ursprung des Schlossgeistes würde dann auch das entsprechen, was mit seiner Erlösung verbunden ist, was die Folgen sein werden.

➢ *Schwerin und sein Schloss sollen in Blut und Wasser untergehen und das alte Schwerin aus dem See emporsteigen, welches dem rechtmäßigen Erben des Landes und nun erlösten Königssohn gehört. In der Johannisnacht (Sommersonnenwende) soll das alte Schwerin zu sehen sein.*

„Midden in'n See licht'n groten Steen von Zippendörp na'n Wirer to: dat sall Oll-Swerin sien. Bi den Steen sall Swerin wedder upbugt waren. Dor sall de Kirch stahn hebben früher." (Mitten im See liegt ein großer Stein von Zippendorf nach dem Werder zu: Das soll Alt-Schwerin sein. Bei dem Stein soll Schwerin wieder aufgebaut werden. Dort soll die Kirche gestanden haben früher).

Eine Variante zu den Folgen der Erlösung. „Wenn Petermännchen erlöst ward, wür ganz Swerin een Watter" (Wenn Petermännchen erlöst wird, wird ganz Schwerin ein Wasser). „Wenn he erlöst wer, is Swerin verswunnen“ (Wenn er erlöst wird, ist Schwerin verschwunden).

All das bleibt jedoch, wie schon bemerkt, eine mehr oder weniger apokalyptische Vorstellung. Sie könnte, wie auch immer übermittelt, Ausdruck der Hoffnung von Menschen eines untergegangenen Volkes sein. Ebenso auch der verlorenen Hoffnung, d. h. der Verzweiflung:

- *„Oft hett dat Petermännken Lüd´ darüm angahn, sei süllen em erlösen. Oewer bet up den hütigen Dag is dat nichts word´n“ (Oft hat das Petermännchen Leute gebeten, sie sollen ihn doch erlösen. Aber bis auf den heutigen Tag ist das nichts geworden).*

Wie auch immer, die geschichtlich katastrophalen Folgen der Schlossgeist-Erlösung sind eines der weiteren Merkmale, die ihn unter allen Figuren der deutschen Mythologie hervor heben. Zum Trost für alle, die das heutige Schwerin, zumindest in seiner äußeren Gestalt, lieben: Einige Sagen konnten wir finden, in denen den Schwerinern und den Besuchern der Stadt auch bei der Erlösung des Geistes das Schloss erhalten bleibt.

„De Swerinner See ward wedder Land, wenn Petermännchen erlöst ward. Dorüm is dat Sloß in´n See bugt: dat blew jo denn bestahn.“ (Der Schweriner See wird wieder Land, wenn Petermännchen erlöst wird. Darum ist das Schloss in den See gebaut; das bleibt ja dann bestehen).

Wo Petermännchen wohnt und seine Schätze bewahrt

Im Berg, unter Wasser und im Schloss

Gewährsleuten Woosidlos zufolge hat das Petermännchen verschiedene Unterkünfte. Sein Hauptwohnsitz ist natürlich das Schloss. „Wenn de Monarchie wesselt hett, Petermännchen is ümmer dat Sloß tru bläben" (Wenn die Monarchie wechselte, Petermännchen ist immer dem Schloss treu geblieben). „Petermännchen is all in't Sloß wäst. As se intreckt sünd in dat nie Sloß, is he mit rinwannert" (Petermännchen ist schon im Schloss gewesen. Als sie eingezogen sind in das neue Schloss, ist er mit reingewandert. – Bezieht sich auf den Um- und Neubau des Schlosses Mitte des 19. Jahrhunderts).

Das Schloss darf nie ganz abgebrochen werden, weil Petermännchens Wohnung zu bewahren ist, sonst würde das Fürstenhaus aussterben, heißt es. Die Bauherren hielten sich auch daran.„As dat nie Sloß bugt würd, bleef so'n lütt Eck stahn von dat oll Sloß. Dor säden de Sweriner: Dat wier Petermännchen sien Eck, dee dörften se nich daal nähmen" (Als das neue Schloss gebaut wurde, blieb so eine kleine Ecke stehn vom alten Schloss. Da sagten die Schweriner: Das wäre Petermännchens Ecke, die dürften sie nicht abreißen).

Die Sage ist sich sicher, dass Petermännchen einen bestimmten Raum im Schloss für sich besitzt. Nach einer Überlieferung ist das ein Aschkasten in einem der Türme. Die gängige Auffassung spricht von einem Zimmer, das mit kleinen Möbeln ausgestattet ist. Und ein Zimmermädchen sorgt für den Schlossgeist. „Petermännchen hett ne Stuw´ in´t Sloß in de Eck. Wo de Gärtners ehr Geschirr hadden, dor soll sein Stuw sien“ (Petermännchen hat eine Stube im Schloss in der Ecke. Wo die Gärtner ihr Gerät hatten, da soll seine Stube sein). „En Fru maakte jeden Morgen de Stuw‘ rein.Se säd, dat wier jeden Morgen to sehn, dat Petermännken dor in dat Bett slapen hadd“ (Eine Frau machte jeden Morgen die Stube sauber. Sie sagte, es wäre jeden Morgen zu sehn gewesen, dass Petermännchen in dem Bett geschlafen hatte).

Eine außerordentlich problemvolle Überlieferung in diesem Zusammenhang muss erst noch weiter untersucht und soll deshalb nicht kommentiert werden: „En Kammerjungfer mööt em jeden Morgen dat Bett maken un för dree Sößling Semmel henleggen. Wenn de dat Bett Dag‘s nich maakt, mööt se Middennacht kamen un bi em slapen: süss maakt he se doot“ (Eine Kammerjungfer muss ihm jeden Morgen das Bett machen und für drei Sechser Semmeln hinlegen. Wenn sie das Bett des Tags nicht macht, muss sie Mitternacht kommen und bei ihm schlafen: andernfalls tötet er sie).

Beim Schlossum- und Neubau im 19. Jahrhundert erwies der Bauherr Großherzog Friedrich Franz II. dem Petermännchen seine besondere Reverenz. Er ließ für den Schlossgeist nicht allein die Sandsteinplastik im Innenhof aufstellen, sondern in dem nun errichteten

Glockenturm der Schlosskirche auch einen besonderen Raum herrichten und dafür ein Zimmermädchen einstellen. Und berichtet wird: Wenn sie am Morgen eine kleine Kuhle in dem Bettchen bemerkte, als ob ein Igel oder eine Katze darin gelegen hätten, dann wusste sie, Petermännchen hatte hier wieder geschlafen.

Eine andere Heimat des Petermännchens ist der Petersberg oder „Petermännkenbarg" oder „Hog' Barg" bei Pinnow. Hier hause das Petermännchen als Schmied. Alte Leute hätten in ihrer Jugend öfter das Ohr auf die Erde gelegt, um das Petermännchen schmieden zu hören. Allnächtlich in der Mitternachtsstunde reite es aus der Spitze des des Berges hervor, um seinen Schimmel in dem zu Füßen des Berges liegenden Heiligen See zu tränken. Von hier habe das Petermännchen einen unterirdischen Gang unter dem Pinnower und Schweriner See nach dem Schlosse hin. Nach einer anderen Sage sei Petermännchen in einer Nacht vom Petersberge nach dem Schweriner Schloss geflogen.

Es gibt noch eine dritte Auffassung zur Wohnstätte des Schlossgeistes. „Petermännchen wahnt ünner't Water, dor hett he sien Sloß – he hett so väl Sloetels, de kann keen Minsch dragen" (Petermännchen wohnt unter dem Wasser, dort hat er sein Schloss – er hat so viele Schlüssel, die kann kein Mensch tragen). Durch einen unterirdischen Gang gelangt er dorthin. Nach einer von Wossidlo gefundenen Überlieferung soll er immer Johanni Mittag (24. Juni) hinein gehen, nach einer der Sagen aber zu beliebiger Zeit, weil sich dort sein Bett befinde. Mit einem Zimmermädchen wäre Petermännchen einmal vom Schloss aus den langen unterirdischen Gang unter dem See bis an die Ziegelei gegangen. Es müsste sich hier um die Insel Kaninchenwerder handeln. Eine Ziegelei gab es auf der Insel von der zweiten Hälfte des 16. Jahrhunderts bis in die dreißiger Jahre des 19. Jahrhunderts. Der Gang habe, so die Sage, zu einem Raum geführt, in dem ein großes Licht brannte. Er wäre mit sehr viel Gold und Silber gefüllt. Hier stünde auch Petermännchens Bett, das das Kammermädchen hergerichtet habe und wofür sie dann reich belohnt worden wäre.

Man kann, wie W. G. Beyer, vermuten, dass die Sage von der Behausung des Petermännchens unter Wasser vor allem auf die Schatzkammer des Geistes zu beziehen ist. Die Schätze bewahrt Petermännchen auf jeden Fall getrennt von seinem Wohnraum im Schloss auf.

Eine Schatzkammer soll im Ziegelsee liegen. Nach einer anderen Sage befinde sie sich beim Großen Stein nahe der Insel Kaninchenwerder. Das würde dann mit der eben genannten Sage vom Zimmermädchen übereinstimmen. Und dafür mag es durchaus einen realen historischen Hintergrund geben. Die Sage von der Schatzkammer beim Großen Stein könnte sich auf den Tempelschatz der Slawen beziehen. Als König Niklot seine Burg Schwerin 1160 verbrannte und sich über den See vor den deutschen Eroberern nach Werle zurück zog, wird er den Tempelschatz mitgenommen haben. In der Hoffnung auf baldige Rückkehr könnte er ihn beim Großen

Stein verborgen haben. Petermännchen, ein Gott oder Diener des Lichtgottes der Obotriten oder ihr verwunschener Königssohn, bewacht nun diesen Schatz in seinem Reich unter Wasser. Das wäre die Sagenlogik.

Der Große Stein ist übrigens mit weiteren Sagen belegt. Hier soll sich das untergegangene alte Schwerin befinden, und wenn Petermännchen erlöst ist, wird es hier auch wieder auftauchen.

Im Zusammenhang mit den Wohnstätten des Schlossgeistes hat sich schon angedeutet: Petermännchen verfügt über einige unterirdische Gänge. Wie auch sollte er sonst trockenen Fußes zu seinen Schatzkammern gelangen! Aber der Schlossgeist besitzt nicht nur diesen oder jenen unterirdischen Gang, er hat ein ganzes Tunnelsystem unter der Erde. Am Teepavillon des Schlosses fand man vor einigen Jahren bei Bauarbeiten unter der Erde einen recht großen Kanal zum Hafen. In der Mauer zur Kirche hin kann man durch die kleine Gittertür hinein sehen. Auf der anderen Seite des Hauptportals führt ein anderer Kanal zum Burgsee. Man weiß auch von Gängen unter dem Schloss und davon, dass ein Kanal unter der Erde vom Hafen zum Museum und dem Theater verläuft.

Die Bauleute sagen ja, solche Kanäle wären angelegt worden, um das viele Regenwasser von den Dächern des Schlosses in den See zu leiten, oder die Kohlenträger nutzten sie beim Entladen der Kähne, oder sie dienten zur Bewässerung der Pfähle unter dem Museum und dem Theater, damit diese nicht faulen. Das mag ja alles sein. In den Sagen aber gehören sie alle zu Petermännchens Reich. Den unterirdischen Kanal am Teepavillon nennt man deshalb jetzt auch Petermännchengang.

Der Geist soll sogar unbekannte Gänge unter der Erde haben. Unter dem Alten Garten führe einer vom Schloss zum Alexandrinenpalais bis zum ehemaligen Kloster, wo jetzt die Staatskanzlei steht, und weiter bis zum Dom ins Zentrum der Stadt! Und noch weiter, bis zur Paulskirche und gar zum Ziegelsee. Selbst zum Faulen See laufe der Schlossgeist unter der Erde. Auf dem Alten Garten wäre gar eine Luke, von dort führe eine Treppe hinunter zum Gang des Petermännchens.

Der Ziegelinnensee

Felsengrotte im Burggarten

Bei der Felsengrotte im Burggarten befände sich eine breite eichene Tür zu einem unterirdischen Gang. Dieser führe der Sage nach unter dem Schweriner See bis zum Petersberg bei Pinnow in der Nähe Schwerins. Es heißt ja, Petermännchen habe in dem Berg seine Schmiede. Vielleicht ist dieser Gang die Verlängerung jenes Tunnels, durch den der Schlossgeist zu seiner Schatzkammer beim Großen Stein gelangt. Das wäre dann eine recht rationelle Anlage.

Der unterirdische Tunnel bis nach Pinnow ist aber noch nicht der längste. Eine alte Frau aus Kirchdorf auf der Insel Poel erzählte Wossidlo: „De Gang von den Poeler

Wall geiht na Wismar un von dor na Swerin. De Lüd' hebben hüürt, dat Petermännken dorin gahn un sungen hett" (Der Gang vom Poeler Wall geht nach Wismar und von da nach Schwerin. Die Leute haben gehört, dass Petermännchen darin gegangen ist und gesungen hat).

All das erscheint – in Verbindung mit den Sagen – völlig logisch. Petermännchen braucht bestimmte Gänge, um zu seinen Wohnstätten und Schatzkammern zu gelangen, und er erscheint des öfteren völlig überraschend, auf geheimnisvolle Weise, an irgend einem Ort, auf dem Alten Garten, im Kreuzgang des Doms, am Pfaffenteich. Er besitzt nun zwar die Fähigkeit, sich unsichtbar zu machen. Aber irgendwie scheint das mit einer besonderen Anstrengung verbunden zu sein. Jedenfalls gebraucht er auch sein weit verzweigtes unterirdisches Tunnelsystem für die überraschenden Auftritte. Was er allerdings auf der Insel Poel treibt, ist noch nicht ergründet.

Niemandem erlaubt das Petermännchen, ungebeten in sein unterirdisches Reich einzudringen. Im März 1912 wurde über einen unterirdischen Gang des Geistes beim Schloss berichtet: „Die Leute ... gingen ... nur mit Grauen vorüber. Da unternahm es ein beherzter Soldat, vom See aus durch den Gang ins Schloss zu gehen. Man hatte ihm viel Geld versprochen, wenn er lebend ins Schloss gelangen würde. Da der Soldat in sehr ärmlichen Verhältnissen lebte, ließ er sich bereden, sich durch den Gang zu wagen. Um ihm Mut einzuflößen, rührte man an beiden Enden des Ganges die Trommeln. Unter dem

Schlagen der beiden Trommeln stieg der Beherzte am See in die Grotte und ging in den Gang. Die Trommeln wurden stundenlang gerührt, aber der Soldat kam weder in das Schloss, noch kehrte er an den See zurück. Das Petermännchen war wohl erzürnt über das Eindringen in sein Reich und wird ihn umgebracht haben."

Die Ursache für die doch sehr unterschiedlichen Vorstellungen über Wohnsitz, Schatzkammern und Wirkungsstätten des Schlossgeistes scheint darin zu liegen, dass die Sagen in unterschiedlichen Zeiten entstanden. Das Petermännchen wurde, wie Christoph Schmitt meint, zu einer Kristallisationsfigur für Sagen ganz verschiedenen Typs. Dadurch erlangte die Figur – wie oben ausgeführt – eine ältere Vergangenheit, die in den Sagen Schicht für Schicht übereinander gereiht ist.

Wir sehen: Unser Schlossgeist ist ein Hausgeist und ein Wandelgeist, ein Berg- und ein Erdgeist! Einer, der lohnt und straft und der auch weissagt, der durch Tod seine eigentliche Gestalt wieder gewinnen und dessen Erlösung eine Katastrophen ähnliche Veränderung Schwerins zur Folge haben kann. Das scheint eine Einmaligkeit in der deutschen Mythologie zu sein.

Vom Glauben an die Existenz des Schlossgeistes

Was Menschen sich so denken

Im Unterschied zum Märchen will jede Volkssage für wahr gelten, dadurch tritt sie ja erst ins Leben. Der Zusammenhang von Sagen um das Petermännchen mit den gegenwärtigen oder mehr oder weniger weit entfernten realen historischen Erscheinungen ging den Erzählern zwar zumeist verloren, wenn er dort denn je existierte. Einmal aber im Bewusstsein, führen die Sagengestalt und ihre Geschichten ein Eigenleben. Zu früheren Gründen für die Glaubwürdigkeit der Geschichten treten neue hinzu.

Richard Wossidlo befragte viele Menschen und schrieb auf, was sie ihm erzählten und wie sie es erzählten, kurz und knapp und häufig platt; er sprach meist mit Leuten aus dem Volk. Interessanterweise gab es dreimal so viele Männer wie Frauen, die Sagenhaftes zu berichten wussten. Es wäre vermessen, daraus Schlussfolgerungen ziehen zu wollen, z. B. das Männer ein besseres Gedächtnis hätten als Frauen oder dass sie vielleicht schwatzhafter seien als diese. Die Ursache wird wohl eher darin liegen, dass Männer zu Wossidlos Zeiten die Hauptansprechpartner waren.

Ihm begegneten jedenfalls etliche Landsleute, die felsenfest an die Existenz des Schlossgeistes glaubten. In dem 1939 erschienenen Buch „Mecklenburgische

Volkssagen“ berichtet Wossidlo: „Ja, ich habe in Golchen bei Brüel einen alten Tagelöhner angetroffen, der es als einen Höhepunkt seines Lebens, eine wiederfahrene Gnade ansah, dass ihm das Petermännchen persönlich erschienen sei.“ In diese Reihe gehört auch Wossidlos Bericht von einer 88-jährigen Frau, die ihm gegenüber nach der Abdankung von Friedrich Franz IV. 1918 voller Überzeugung äußerte: „Ik heff all dacht, dat Petermännchen nu wedder an de Reihg´ keem“ (Ich habe schon gedacht, dass Petermännchen wieder an die Reihe käme). Hier war sogar noch ein Zusammenhang mit Berichten über die königliche Geburt des Petermännchens bewusst.

Den mündlich verbreiteten Sagen wurde oft Glauben geschenkt, weil sie zumeist von vertrauenswürdigen Personen stammten oder von bereits Verstorbenen, denen man schon aus Pietätsgründen glaubte. Es ist wahrlich sagenhaft, was man sich alles über den Schlossgeist erzählte und wer ihn schon mit eigenen Augen gesehen haben wollte oder zumindest jemanden kannte, der ihn gesehen oder mit jemandem gesprochen hatte, der von einem hörte, dass jener ihn sah... Das Muster, dem Wossidlo begegnete, ist: „Mien Urgrotmudder wier ut Petersbarg, de hett vertellt ...“ (Meine Urgroßmutter war aus Petersberg, die hat erzählt ...).

Natürlich ist das mit eigenen Augen Gesehene der überzeugendste Wahrheitsbeweis. Dabei werden allerdings häufig Tatsachen und ihre Interpretation verwechselt und die Interpretation als Tatsache gewertet, ein Vorgang, der uns auch heute so fremd nicht ist. Als Wossidlo einem Gewährsmann gegenüber bezweifelte, dass Petermännchen wirklich gelebt hat, erwiderte der so Befragte: „Se sünd doch woll all mal in Swerin wäst – hebben Se em denn nich up´n Sloßhof staan sehn? Denn mööt he doch läwt hebben“ (Sie sind doch schon in Schwerin gewesen – haben Sie ihn nicht auf dem Schlosshof (als Plastik, d. Verf.) stehn sehn? Dann muss er doch gelebt haben).

Wossidlo berichtete aber auch von einer recht tragikomischen Ursache für den Volksglauben an den Schlossgeist: „Das schlichte Landvolk hat eine dem ‚Gebildeten‘ unverständliche Hochachtung vor allem, was gedruckt ist, und ist deshalb geneigt, alle Sagen für wahr zu halten, die gedruckt vorliegen. Als ich einmal einem Gewährsmann gegenüber, um seinen Glauben auf die Probe zu stellen, Zweifel äußerte an der Sage vom Petermännchen, erklärte er mir: „Oewer dat steiht doch in ´n Klenner, denn mööt dat doch Grund finnen“ (Aber das steht doch im Kalender, dann muss das doch einen Grund haben).“ Auch diese Art von „Wahrheitbeweis“ wirkte nicht nur bei dem schlichten Landvolk vor hundert Jahren.

Man wollte die Erzählungen vom Petermännchen teilweise aber auch nicht bezweifeln, brachten sie doch Erklärungen für Gehörtes oder Selbsterlebtes, für das man selbst keine Begründung finden konnte. So war der Glaube an die Existenz des Schlossgeistes auch bequem. Man hatte schnell einen Schuldigen, der sich nicht verteidigen konnte.

Ein Boizenburger erzählte 1930: „Meine Mutter hat als Jungfer im Schweriner Schloss gedient, war hauptsächlich beim Plätten beschäftigt. Wenn neue Plätteisen geholt wurden aus der Küche, hat eine im Feuer gerührt mit einer Stange. Die Bolzen hat er (Petermännchen, d. Verf.) rausgerissen. Die Mädchen haben dann alles erst wieder zurecht machen müssen. Dann haben die Mädchen gesagt: 'Dat is wedder Peter wast, Peter hett hier wedder hausiert.' " (Das ist wieder Peter gewesen, Peter hat hier wieder gehaust). Und wenn die Mädchen in ihren Körben die Wäschestücke nicht gleich fanden, die sie zum Waschen an den Pfaffenteich mitgenommen hatten, dann war es halt auch das Petermännchen, das die Wäschestücke vertauscht hatte, um die Mädchen zu necken.

Der Aberglaube hatte aber auch ganz praktische Wirkungen. Er brachte dem einen oder anderen nicht nur unterhaltsame oder gruselige Stunden, sondern auch handfeste Vorteile, so für die Soldaten, die beim Schloss Posten standen. Es wurde nämlich erzählt: „De Koekschen in't Sweriner Sloß glöwten, se deden Petermännchen 'n Gefallen, wenn se den Posten Fleisch toschanzten" (Die Köchinnen im Schweriner Schloss glaubten, sie täten Petermännchen einen Gefallen, wenn sie den Posten Fleisch zuschanzten).
Ganz geheuer war es den Soldaten jedoch nicht, wie einer von ihnen Wossidlo gestand. „Mi is ornlich grugen worden, as ik dor Post stünn; ik wull weglopen" (Mir ist ordentlich gruselig geworden, als ich dort Posten stand; ich wollte weglaufen).

Sie fürchteten sich sogar, über den Schlossgeist laut zu reden: „Von Petermännchen darf en nicht so väl snacken, dat ist straffällig. Kümmt doch mal vor, dat ´n da wat von hervoer kriegt. Wenn de Rostocker ehr Soldaten u´t Manöver begegneten, repen se wol: Ji sünt jo bi Petermännchen wäst. 'Muul hollen', hett dat denn." (Von Petermännchen darf man nicht so viel reden, das ist sträflich. Kommt doch mal vor, das man davon was kriegt. Wenn die Rostocker ihren Soldaten aus dem Manöver begegneten, riefen sie wohl: Ihr seid ja beim Petermännchen gewesen. Maul halten, hieß es dann).

Andere waren heilfroh, nicht in Petermännchens Nähe wohnen zu müssen: „Bi uns to Huus up´n Land säden se: Se muchten nich in Schwerin wahnen – dor spökt dat so von Petermännchen her" (Bei uns auf dem Lande sagten sie: Sie möchten nicht in Schwerin wohnen, dort spukt das so von Petermännchen her).

Der um 1870 nach Kanada ausgewanderte Otto von Bochwold teilte in einem Brief mit: „Die Dienerschaft im Schloss und vielleicht auch andere Leute glauben sehr daran. Auf die Soldaten der Schlosswache brauchten wir wenig zu achten, denn eingeschlafen wäre keiner. Es heißt nämlich, dass das Petermännchen dem Posten hinter dem Schlosse am See, der eingeschlafen war, eine fürchterliche Ohrfeige gegeben habe."

Petermännchen wurde u. a. - wie schon bemerkt - die Gabe der Weissagung zugesprochen. Durch farblich unterschiedliche Kleidung soll er dem Fürstengeschlecht gute und schlechte Ereignisse verkündet haben. Kurz vor dem deutsch-französischen Krieg 1870/71 will ein hoher geistlicher Schweriner Herr auf dem Alten Garten Wasser von blutig roter Farbe gesehen haben, als eine Ankündigung des kommenden Unheils. Vor dem Tode von Großherzog Friedrich Franz II. (1883) „sah" man das Petermännchen mit wehendem Trauerflor in der Burgstraße, dann im Kreuzgang des Doms. Dieses Großherzogs Tochter Elisabeth erzählte, sie haben einen Pfarrer erzählen hören, wie er davon sprach, man habe das Petermännchen auf dem Alten Garten gesehen und vor ihm hätten drei umgestülpte Blumentöpfe gestanden; unter dem ersten Erde, dem zweiten Blut, dem dritten rote Rüben – eine Prophezeihung der 1882/83 darauf folgenden Todesfälle im Herrscherhaus.

1897 will ein Kammersänger vom Boot aus ein kleines Männchen auf der Brücke zum Burgsee gesehen haben – zwölf Tage danach sank das Torpedoboot mit Herzog Friedrich Wilhelm. Unmittelbar vor dem großen Schlossbrand im Dezember 1913 sei Petermännchen angeblich gesehen worden, wie es in einem roten Kleide auf der Schlossbrücke stand und so auf das nahende Unglück hinwies.

Um 1930 überquerte eine kleine Gestalt mit spitzem Hut die Mauer im Burggarten, behauptete ein damals Dienst habender Polizist. Der letzte Bericht über solch kleine Gestalt stammt aus dem Jahre 1948 von der damaligen Pädagogikstudentin Hildegard Hasselfeldt.

Bereitwillig frönten auch aufgeklärte Häupter dem Aberglauben. Sie empfanden den Schlossgeist als ihren Haus- und Schutzgeist und glaubten fest daran. Beim Schlossum- und -neubau Mitte des 19. Jahrhunderts wurde für den Geist im Glockenturm der Schlosskirche ein Zimmer eingerichtet, und an Sonn- und Feiertagen stellte man einen Teller mit roten Rüben bereit.

Im Innenhof des Schlosses ließ Großherzog Friedrich Franz II. in einer Nische die lebensgroße Sandsteinplastik des Petermännchens aufstellen. Sie kann heute noch besichtigt werden. Das war nicht nur eine künstlerische, sondern auch eine abergläubische Aktion.

Petermännchen musste aber nicht nur für verschiedene Erklärungen herhalten. Das Volk glaubte in seiner Einfalt und Schwäche, dass es im Schloss einen Geist gebe, der für Gerechtigkeit sorgt, die Guten belohnt und die Bösen bestraft, gleichgültig, welche Stellung sie in der Gesellschaft einnehmen.

So vereinen sich in dieser Figur Glaube, Aberglaube und Sehnsüchte.

Schlossansicht aus dem 19. Jahrhundert. Vorne Schlosskirche mit Glockenturm

Nachricht von dem kleinen Mängen

Nachricht von dem sich ehedem in dem hochfürstlichen Schlosse zu Schwerin öfters sehen laßenden sogenannten Kleinen Mängen, wie es der seel. Daniel Gardemin, gewesener Cammer-Laquay bei des hochseel. Herrn Herzogs Friedrich Wilhelm hochfürstl. Durchlaucht, gar ofte an seine Frau, die jetzige Witwe Castellanin Gardemin, hieselbst erzehlet. Es were nemlich solche positur

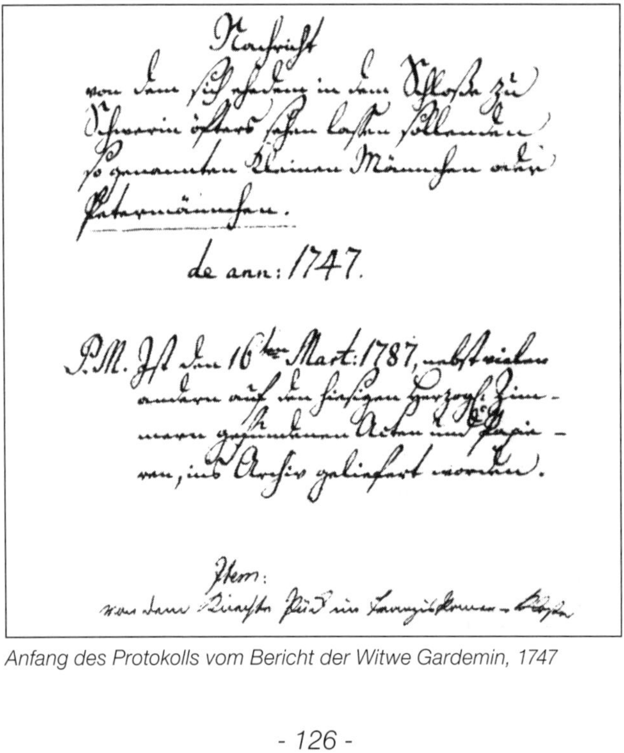
Nachricht
von dem sich ehedem in dem Schloße zu Schwerin öfters sehen laßen sollenden so genannten Kleinen Männchen oder Petermännchen.
de ann: 1747.

P.M. Ist den 16ten Mart: 1787, nebst vielen andern auf den hiesigen herzogl. Zimmern gefundenen Acten und Papieren, ins Archiv geliefert worden.

Item:
von dem …

Anfang des Protokolls vom Bericht der Witwe Gardemin, 1747

nur gantz Klein gewest, älterlich, mit Runtzeln, aber nicht fürchterlich von Angesichte, einen etwas langen, weißen, spitzen, fast bis auf die Brust hangenden Bahrt, kurtze, graue, krause Haare, ein Calotgen (Kappe, Tarnkappe) auf dem Kopfe, und ein Krägelgen umb den Halß, einen langen, bis auf die Füße hangenden schwartzen Rock mit gantz engen Ermeln, forne eines guten finger breits mit weiß aufgeschlagen, etwas große und forne breite Schue anhabend. Dieses Mängen were gedachter Gardemin so gewohnt und dreiste geworden, daß er es öfters auf einer gewissen Windel-Treppe (so sich oben auf der seite befunden, wo der Gottseel. Durchl. Hertzog logirt gewest), in welchen Oeffnungen umb der Treppe her es so eben hette stehen können, mit dem Lichte nahe ins Gesichte geleuchtet, wobey es gantz stille gestanden, gar ofte vor und neben ihm gegangen und einstmahls wie er seinen Durchl. Herrn des Abends späte über die Gallerie geleuchtet, Höchstderselbe gesaget, Daniel, mich werden die Haare am Kopfe kriechend und mich schaudert so! „Ja, Gnädigster Herr“, were seine Antwort gewest, „sehen Sie nicht, was Wir vor Gesellschaft bey untz haben?“ Worauf dieselbe ihm schweigen heißen, gesaget, Sie sehen nichts.

Es hatte sich meistens auf dem Gange und der Seite, wo die Cleyder-Cammer gewest, befunden, auch hette er solchen einige mahl aus einer gewißen Cammer, welche sich auf dem Gange, wen man in dem Gebäude die breite Treppe aufsteiget, und obgleich fenster darin, dennoch sehr finster ist, und anitzo der Castellanin Meynung nach, einige Mädgens darin wohnen, können sehen. Einstmahl were er, der Gardemin, nebst einem Pagen, deßen Nahme entfallen, zu bette gegangen, welcher deßfallß bey ihm geschlaffen, weil ihr Herr zeitig außwollen, hette eine Keule vom Lämmerbrathen zum Frühstück auf dem Tische liegen gehabt, und beyde mit offen Augen gesehen, wie das Mängen gekommen, nach dem Brathen gegriffen, und unter großem Gelächter damit fortgelauffen, hetten und des andern Morgens allem suchen ohngeachtet, nichts davon wieder gefunden. Reden oder Antworten hette er ihn niehmals hören; wen er aber durch schelt- und fluchworte sei angegriffen, were des Nachts ein solches gepolter über ihre Cammer gewest, daß keiner kein Auge hette zuthun können. Nachdem were oftgedachter Gardemin einmahls des Abends mit der Abschenke außen Keller kommen, und dieses positürgen immer kurtz und langsam vor ihm hergegangen; weil ihm nun eben was wiederliches arriviret, dass der Kopf nicht recht gestanden, hette er aus Unmuth gesaget: Du Kröte gehe aus dem Wege, oder ich nehme die Flasche und schlage dich auf den Kopf, du solt diß oder das werden! Worauf er eine solche derbe Ohrfeige zum recompens bekommen, daß er über eine halbe Stunde ohne empfindung gelegen, biß ihn andere gefunden, mit Eßig bestrichen und so weggebracht, da sein Kopf den einige Tage darauf noch mahl so dicke wie ordinair gewest. Weil ihm nun mit raison were bedeutet, nicht so brutal mit diesen Ehrbaren Mängen umbzugehen, hette Er auch nachhero mehr respect gebrauchet, und so viel alß nur immer möglich seine Gesellschaft evitiret und ihm aus den Wege gegangen.

Hanß Christoph Dankward, Fürstl. Sahl-Knecht hieselbst, Verzehlete und versicherte mir Gestern gantz feste, offt erwehntes Mängen Zu denen Zeiten einmahl gesehen zu haben; sein bey sich habender Mops, were solchen eher alß Er gewahr worden; Er hette vorm rothen Gemach am Camin in vorbeschriebener Kleydung gestanden. Weil er sich nun gefürchtet und ihm überdem die Sprache schwer würde, hette er nicht fragen mögen, wer er were, oder was er wollte? Sondern were wieder hingegangen, wo er hergekommen.

Bützow den 12ten Novembris 1747.

And. Br. Heymann.

Benutzte Literatur (Auswahl):

Bartsch, Karl: Sagen, Märchen und Gebräuche aus Mecklenburg, 2 Bände. Wien: Baumüller 1879/1880.

Beltz, Robert: Vom Petermännchen. In: Mecklenburgische Zeitung, 25.7.1940.

Beltz, Walter: Biblische Mythologie. Berlin u. Weimar: Aufbau 1985.

Beyer, W. G.: Die wendischen Schwerine. In: Mecklenburgische Jahrbücher. 32. 1867.

Boll, Ernst: Geschichte Mecklenburgs mit besonderer Berücksichtigung der Kulturgeschichte. Erster Teil. Neubrandenburg: Selbstverlag 1855.

Borchardt, Jürgen (Hrsg): Dat Petermänken. Lüdsnack un Vertellers von den lütten Kierl in't Sweriner Sloß. Schwerin: Edition digital1996.

Ders.: Rätsel um eine Sagengestalt. Das Petermännchen in der mecklenburgischen Kulturgeschichte. In: Mecklenburg-Magazin. 4. (1994), Nr. 12, S. 12.

Burde-Schneidewind, Gisela: Historische Volkssagen aus dem 13. bis 19. Jahrhundert. Berlin: Akademie-Verlag 1977.

Christliche Ikonographie in Stichworten. Leipzig: Koehler u. Amelang 1980.

Gerling, Reinhard: Mecklenburgs Sagenschatz. Oranienburg: Orania 1904

Glöde, Otto: Petermännchen. In: Zeitschrift für den deutschen Unterricht. Jahrgang 7. Leipzig 1893.

Grimm, Jakob: Deutsche Mythologie. I. Band, 4. Ausgabe: Berlin 1875.

Grimm, Jakob und Wilhelm: Deutsche Sagen. Berlin 1956.

Hänell, Heinrich Georg: „Curieuse und wahrhafte Nachricht oder Diarium von einem Gespenst und Poltergeist/ Welcher im Mecklenburgischen/ im Amte Gadebusch/ dem zu Guth Bützow gehörigen Dorff/ Sandfeld, in Hauß Joachim Dunkelmanns Hauß/ vom 26. Januarii 1722. als den 30. Martii a. c. auff gar vielfältige und verwunderungswürdige Art und Weise/ seine Affen=und Possen=Spiele/ zuletzt aber seine Wüterey/ mittels Ruinirung/ Fenster/ Thüren und

Mobilien & c. Erwiesen/ so daß auch der Wirth das Hauß auffgesaget/ und weg zu ziehen resolviret. Nebst einer Vorrede des Herrn Pastoris zu Roggendorff/ nach genauer/ und Inhalts beygefügten Notarischen Instruments eydlicher Examinierung XXVII. Zeugen/ als der im Hause gewesenen Leute/ auch der dahin commandierten Wächter und anderer. Beschrieben und der curieusen Welt cummuniciret von Heinrich George Hänell p.t. Verwalter zu Bützow. Hamburg: Wierings Erben 1722.

Handwörterbuch des deutschen Aberglaubens, Hrsg. E. Hoffmann-Krayer. Abt. I, Aberglaube. Bd. VI, VIII, IX. Berlin und Leipzig: De Gruyter & Co. 1934.

Jahn, Ulrich: Volkssagen aus Pommern und Rügen. Stettin: Dannenberg 1886.

Jesse, Wilhelm: Geschichte der Stadt Schwerin, Bd. 1. Schwerin: Ludwig Davids 1913.

Josephi, Walter: Führer durch das mecklenburgische Landesmuseum in Schwerin. Die Sammlungen und die Prunkräume des Schloßmuseums. Schwerin: Bärensprung.

Ders.: Zur Petermännchensage. In: Mecklenburgische Jahrbücher 104(1940).

Jung, Kurt M.: Weltgeschichte in einem Griff. Frankfurt/M.; Berlin: Ullstein 1985.

Karrig, Otto: Der Burggeist Petermännchen auf dem Schloß zu Schwerin. In: Niedersachsen. 16. 1910/11.

Kuhn, Adalbert und Wilhelm Schwartz: Norddeutsche Sagen, Märchen und Gebräuche. Leipzig: Brockhaus 1848.

Kulturgeschichte der Antike. 2.: Rom, Berlin: Akademie-Verlag 1982.

Kybalowa, Ludmila u. a.: Das große Bilderlexikon der Mode. Dresden: Verlag der Kunst 1980.

Lehmann, Joachim: Restaurierungsprotokoll 1972. Staatliches Museum Schwerin.

Lexikon der Antike. Leipzig: Bibliographisches Institut 1985.

Lisch, Friedrich: Der Burggeist Petermännchen. In: Mecklenburgische Jahrbücher. 5. 1840. Schwerin: Bärensprung.

Löwen, Johann Friedrich: Die Walpurgisnacht. Ein Gedicht in drey Gesängen. Hamburg und Leipzig: G. Ch. Grund und A. H. Hölle 1756.

Ders.: Marquise. In: Schriften, 3. Teil. Hamburg: Bock 1756.

Mecklenburger Zeitung, 15. Dez. 1913.

Monroy, Friedrich von: Das „Petermännchen"-Bild im Schweriner Schloß und seine ursprüngliche Bedeutung. In: Mecklenburgische Jahrbücher. Jahrgang 103, 1939. Schwerin: Bärensprung.

Niederhöffer, Albert: Mecklenburgische Volkssagen. Bd. 1 - 4. Leipzig: Hübner 1858 – 1862.

Schmitt, Christoph und Ralf Wendt: Das Schweriner Petermännchen. Sage und Wirklichkeit. Schwerin: SGM Schriften zur Geschichte Mecklenburgs 2006.

Simiolus: Netherlands quarterly for the history of art. Volume 16. 1986. Number 2/3. Amsterdam: Christie's.

Die Slaven in Deutschland. Hrsg. von. Joachim Herrmann. Berlin: Akademie-Verlag 1985.

Strenge, Johann Albrecht: Quid si sic? Petermännchen, der Schweriner Schloßgeist. Maschinenschriftliches Manuskript in der Landesbibliothek Mecklenburg-Vorpommern. 1951.

Studemund, Friedrich: Mecklenburgische Sagen. Schwerin: Kürschner 1848.

*Der wahrhafte Bericht von einem Knecht genannt der Pück. In: Hederich, Bernhard:
Schwerinsche Chronika. Rostock: Chr. Reußner 1598. Zit. in: Jesse, Wilhelm: Geschichte der Stadt Schwerin. Band 2. Schwerin: L. Davids 1913.*

Wendt, Ralf: Das Schweriner Petermännchen, Sage und Wirklichkeit einer Volksüberlieferung. Schwerin: Schwerin-Information 1979.

Wossidlo, Richard: Von den lütten Unnerirdischen. Rostock 1925.

Wuttke, Adolf: Der deutsche Aberglaube der Gegenwart. Leipzig 1900.

Archivalien:

Mecklenburgisches Landeshauptarchiv. Mecklenb.-Strelitzer Landesregierung I. 288 I. 543. Sammlung Aberglaube, Vol. XXV b.

Wossidlo-Archiv, Signatur B VII 16.

Mecklenburgisches Volkskunde-Museum Schwerin, Archiv

Danken möchten wir Herrn Dr. Ralf Wendt für seine freundlichen Mitteilungen und Herrn Prof. Dr. Horst Keiling für wertvolle Hinweise

Erika und Jürgen Borchardt

Ein traumhaftes Erlebnis: Schwerin einmal anders entdecken - an seinen Sagenstätten.

Bei einer Wanderung, mit Kindern oder Enkeln, zum Schloss und durch die Altstadt, vom Ziegelsee bis zum Alten Friedhof und nach Krebsförden Dorf, den Schweriner See entlang zum Zoo bis nach Zippendorf und zur Fähre an der Stör.
Kulturstätten und Naturstätten, schöne Gebäude und Plätze, die Insel Kaninchenwerder, besondere Steine im Schweriner See, die beiden Eichen bei Zippendorf und am Steilufer von Raben Steinfeld: In der Phantasie geheimnisvolle Geschehnisse erleben. Am Sagenort.
Natürlich mit dem Schlossgeist Petermännchen. Aber auch mit einem Poltergeist und einem Lindwurm, dem Wilden Jäger und dem Schimmelreiter, einem Gerippe und einem Mann ohne Kopf...
Eine neue Art von Stadt- und Wanderführer. Mit zahlreichen alten und neuen Fotos sowie mit farbigen Illustrationen von Horst Schmedemann und Hans-Dieter Kerber.
Eingelegt: Eine Wanderkarte und der Nahverkehrsplan von Schwerin
Preis: 9, 80 Euro
ISBN-13: 978-3-00-018508-3

Vertrieb: Edition digital Pekrul & Sohn GbR
Alte Dorfstraße 2b, 19065 Godern
Tel.: +49 3860 505788
Fax: +49 385 434146-99
E-mail: gpekrul@arcor.de
Internet: www.edition-digital.com

Weitere lieferbare Titel

von Erika und Jürgen Borchardt

aus dem Verlag Edition digital

Petermännchen. Der verwunschene Prinz

Von Erika Borchardt

Die Deutschen erobern im 12. Jahrhundert das Mecklenburger Land, ein deutscher Priester verwünscht den einheimischen Obotritenprinzen in einen Zwerg. Als Schlossgeist hofft dieser nun auf Erlösung. Wird es gelingen? Geschichten um Verwünschung und Erlösung des Petermännchens. Mit Illustrationen von Horst Schmedemann und einem Nachwort der Autorin
90 Seiten, Festeinband, Preis: 2,60 €

ISBN: 3-931646-04-1

Für Leser ab 8 Jahren.

Wie Petermännchen zu Hut und Stelzen kam

Von Erika Borchardt

Ein Märchen über die Abenteuer eines kleinen Mannes in einem mecklenburgischen Dorf. Ob es Stier und Greif gelingt, ihn aus dem Kerker des Grafen zu befreien? Zusätzlich zwei Geschichten aus dem Sagenschatz über den Schlossgeist Petermännchen. Mit Illustrationen von Horst Schmedemann und einem Nachwort der Autorin.
72 Seiten, Festeinband, Preis: 2,60 €

ISBN: 3-931646-03-3

Für Kinder ab 5 Jahren

De Verkihrsdüwel

oder Im Paradies des Verkehrsteufels

Von Erika Borchardt

In einer Schulklasse sind einige Kinder spurlos verschwunden. Gemunkelt wird, der Teufel habe die Kinder geholt – der Verkehrsteufel. Ob man sie befreien kann? Das Stück ist mit lustigen Zeichnungen der 13-jährigen Schülerin Juliane Thern illustriert.

ISBN: 3-931646-18-1

36 Seiten, Broschur, Preis: 2,50 Euro

Umschlaggestaltung
Gerhard Bläser

Plakat
Ernst Mai, 1979

Petermännchen Plasteline
Gesa Hansen, 1989

Etikett für eine große Streichholzschachtel
Gunter Brechot, 1976

bemalte Holzplastik aus gedrechselten Teilen
Siegfried Kanzler, 1983

Petermännchen
Bronze, 19. Jahrhundert

Farbgrafik
Herta Effenberger, 1981